KONZENTRATIONSTRAINING FÜR KINDER

Vom Wirbelkind zum Superkind

Sophie Lindenberg

1. Auflage
2021

Inhaltsverzeichnis

Dieses Buch enthält ein Hörbuch im MP3-Format zum Download

(ganz einfach und ohne Registrierung).

Die Infos zum Download finden Sie am Ende des Buches.

Einleitung

Sie öffnen die Terrassentür und rufen nach draußen, wo ihre Kinder gerade Seifenblasen machen:

„Es wird langsam dunkel. Kommt ihr bitte rein?“ Keine Reaktion. Sie versuchen es noch einmal. „Habt ihr gehört? Ihr sollt reinkommen.“ Wieder nichts. Sie gehen raus, stemmen die Hände in die Hüften und sagen: „Ich habe euch schon mehrmals gebeten reinzukommen und ihr sitzt immer noch hier.“ Ihre Kinder schauen Sie mit großen Augen an und erwidern: „Wir haben gar nichts gehört.“ Dann packen sie ohne zu zögern ihre Spielsachen zusammen und folgen Ihnen nach drinnen.

Bestimmt haben Sie eine ähnliche Situation auch schon einmal erlebt. Die fehlende Reaktion hat nichts damit zu tun, dass Ihr Kind Sie ignoriert. Es ist einfach so sehr in seine Sache vertieft, dass es in seiner eigenen Welt lebt und die Rufe der Mutter gar nicht registriert. Das Kind ist derart auf das Spiel konzentriert, dass es alles andere ausblendet. Dies ist ein gutes Beispiel für Konzentration.

Diese Konzentration legt Ihr Kind allerdings nicht immer an den Tag. Während es die Seifenblasen oder Bauklötze faszinierend findet und sich ohne Pause damit beschäftigt, benötigt es ewig, um die Hausaufgaben fertigzustellen. Sie schauen zwischendurch immer wieder ins Kinderzimmer und dann guckt Ihr Kind verträumt aus dem Fenster oder malt auf seinem Block herum. Bei den Hausaufgaben lässt es sich von ganz vielen Dingen ablenken und kann sich nicht darauf konzentrieren.

Das führt dazu, dass viele Eltern von Kindern im Grundschulalter sich Gedanken machen, ob ihr Kind eventuell eine Konzentrationsstörung hat. Es gibt aber kaum ein Kind, was sich überhaupt nicht auf etwas konzentrieren kann. Ob sich ein Kind konzentrieren kann oder nicht, hängt vielmehr davon ab, wie die Umstände sind und ob sie Spaß an der Tätigkeit haben oder nicht.

Beobachten Sie daher Ihr Kind einmal bei den Tätigkeiten, bei denen es sich gut konzentrieren kann, sei es beim Lieblingsspiel oder beim Malen. Sie werden erkennen, dass es sich bei den Hausaufgaben eines ungeliebten Schulfachs nicht so sehr konzentrieren kann.

Dieser Ratgeber setzt sich mit dem Thema Konzentration bei Kindern auseinander. Er eignet sich vor allem für Eltern, die ihre Kinder unterstützen wollen, um sich besser zu konzentrieren und damit ihre Leistungen zu verbessern. Bevor Ihr Kind und Sie aufgeben, ist es sinnvoll, rechtzeitig Hilfe anzubieten, um die Konzentration zu fördern. Fehlende Konzentration kann zu Schwierigkeiten in verschiedenen Lebensbereichen führen. Die Situation wird sich mit diesem Ratgeber verbessern, nicht nur für Ihr Kind, sondern auch für Sie selbst. Dadurch lassen sich dauerhafte Veränderungen erzielen, was die Eltern-Kind-Beziehung stärkt.

Sie erfahren, was unter Konzentration zu verstehen ist und wie diese sich in den verschiedenen Altersstufen verhält. Zur Förderung der Konzentration erhalten Sie viele Übungen sowohl für drinnen und draußen als auch für unterwegs. Die zusätzlichen Entspannungsübungen sorgen dafür, dass Ihr Kind zukünftig aufkommenden Stress gelassen begegnet und mehr Spaß bei den Aufgaben hat.

Es wird auch darauf eingegangen, dass jedes Kind individuell ist und daher beim Lernen unterschiedliche Förderung benötigt. Mit den passenden Übungen überwindet es vorhandene Lernblockaden und es kann nicht nur mehr Leistung abrufen, sondern fühlt sich auch wohler.

Mit diesem Buch erhalten Sie einen umfassenden Ratgeber, der Ihr Kind auf dem Weg zu mehr Konzentration, mehr Leistung und einem erhöhten Wohlempfinden begleitet.

Viel Spaß beim Lesen und viel Erfolg.

Was ist unter Konzentration zu verstehen?

Konzentration bedeutet, die ganze Aufmerksamkeit willentlich auf eine bestimmte Tätigkeit, das Lösen einer Aufgabe oder das Erreichen eines Zieles ausrichten zu können. Um uns konzentrieren zu können, benötigen wir geistige Energie und daher lässt sie nach einer gewissen

Zeit nach. Es gibt viele Einflussfaktoren, wovon der bedeutendste das emotionale Befinden ist, aber auch die Umgebungsbedingungen und der physische Zustand haben Auswirkungen auf die Konzentration. Die Aufrechterhaltung der Konzentration gelingt daher umso besser, wenn wir Umweltreize ausschalten. Hierzu gehören:

- visuelle Ablenkungen (z.B. Fernseher, Spielzeug auf dem Schreibtisch)
- akustische Ablenkungen (z.B. Radio, Lärm von der Straße)
- innere Ablenkungen (z.B. unangenehme Gedanken, Ärger mit den Geschwistern)

• Tipp •

Für ein erhöhtes Maß an Konzentration könnten wir die Augen schließen oder uns die Ohren zuhalten. Das geht aber meist nicht, weil wir für die meisten konzentrierten Tätigkeiten Augen, Hände und Ohren brauchen. Im Laufe der Entwicklung lernt unser Gehirn die Umweltreize zu filtern, da nicht alles, was wir um uns herum wahrnehmen, für die aktuelle Tätigkeit benötigt wird. Diese aktive Steuerung ist allerdings ein Lernprozess und bei Kindern noch nicht voll ausgeprägt. Sie können Reize, die sie momentan nicht brauchen, noch nicht wie Erwachsene unterdrücken. Sie lassen sich viel schneller ablenken und brauchen daher ein Umfeld, in dem sie nicht von Reizen überflutet werden.

Das Auge braucht ebenfalls Ruhe, damit wir uns konzentrieren können. Stellen Sie daher sicher, dass sich auf dem Arbeitsplatz keine Spielsachen befinden, wenn das Kind Hausaufgaben macht. Dabei ist es bei Kindern aber nicht unbedingt eine visuelle Ablenkung, sondern der Aufforderungscharakter, welcher von den Spielsachen ausgeht.

Zudem braucht die Seele Ausgeglichenheit. Anspannung und Stress helfen nicht bei der Konzentration. Diese wird durch lang andauernde Misserfolge sowie Sorgen und Streit gestört. Machen Sie in diesem Fall nicht den Fehler, Ihr Kind zu ermahnen oder zu bestrafen. Das steigert noch die Anspannung. Ihr Kind braucht Anerkennung und Lob. Nur wenn Sie Ruhe behalten, kann Ihr Kind ruhig werden und konzentriert arbeiten.

Wie kann Konzentration erlernt werden?

Das Erlernen der Konzentration besteht darin, dass die vielfältigen Umweltreize bewusst ausgeschaltet werden.

• Tipp •

Kinder lernen am besten beim gemeinsamen Spiel. Dabei finden sie einen Ausgleich zwischen Entspannung und Anspannung, Ruhe und motorischer Aktivität. Am besten ist es, wenn Sie Ihrem Kind möglichst früh beibringen, sich lediglich mit einer Sache zu beschäftigen. Entweder fernsehen oder spielen, Radio hören oder Hausaufgaben machen. Wenn es sich gerade konzentriert, sollten Sie es zur Ruhe kommen lassen.

Kommen Sie nicht einfach ins Kinderzimmer, sondern geben Sie Ihrem Kind Zeit, sich von dem Spiel zu lösen. Kinder können auch gezielt lernen, Umweltreize aktiv zu steuern und auszuschalten. Hierfür gibt es verschiedene Wege. Je mehr Übung die Kinder haben, desto besser können sie die Ruhe auch in anderen Situationen einsetzen. So können sie auch in einer unruhigen Klasse die Nebengeräusche ausblenden und sich konzentrieren.

Bei allen Konzentrationstrainingsprogrammen lernen die Kinder zuerst, sich zu entspannen sowie die Aufmerksamkeit auszurichten. Hierbei werden erst einmal die Umweltreize aktiv ausgeschaltet. Es kann teils schon ein einfaches Aquarium ausreichen. Es gibt Kinder, die lange Zeit Fische beobachten können. Sie können diese beruhigende Wirkung selbst ausprobieren. Die visuelle Wahrnehmung ist komplett auf die Fische ausgerichtet und das Gehirn schaltet die übrigen Umwelteinflüsse aus. Dadurch entsteht Entspannung und Konzentration. Das Gleiche passiert beim Fernsehen. Die Konzentration wird dadurch erreicht, dass vor allem die visuelle Wahrnehmung angesprochen und die Motorik ausgeschaltet wird. Auf eine Phase der Entspannung folgt zwangsläufig Anspannung, sodass sich die Kinder danach bewegen wollen. Mit Musik können die Gedanken auch abgeschaltet werden und so die Aufmerksamkeit erhöht werden. Dabei ist wichtig, dass sich die Kinder nur mit der Musik beschäftigen und nicht noch mit anderen Dingen.

Noch besser geeignet ist das Vorlesen. Von wesentlicher Bedeutung ist hier aber auch, dass die Motorik ausgeschaltet wird. Die Entspannung wird durch die Ausrichtung auf die auditive Wahrnehmung erreicht.

Weitere Möglichkeiten sind das Tanzen und das Reiten. Hierbei werden der Rhythmus und die Bewegung wahrgenommen. Trotz der Anstrengung bekommt das Kind ein Gefühl von Ausgeglichenheit und Wahrnehmung.

Es gibt viele Möglichkeiten, Konzentration zu lernen und diese Fähigkeit zu entwickeln. Das Kind muss für sich herausfinden, welcher Weg am besten zu ihm passt. Als Eltern können Sie Ihrem Kind unterschiedliche Wege zeigen und es ausprobieren lassen.

Ist Konzentration eine Frage des Alters?

Ein Faktor, wie lange sich Kinder konzentrieren können, ist ihr Alter. Mit zunehmendem Alter kann sich das Kind besser konzentrieren. Kinder zwischen fünf und sieben Jahren können sich durchschnittlich 15 Minuten konzentrieren, sieben bis zehnjährige etwa 20 Minuten und Kinder zwischen zehn und zwölf Jahren etwa 25 Minuten. Die Konzentrationsfähigkeit von Kindern ist aber nicht nur von ihrem Alter abhängig, sondern auch von ihrer seelischen und körperlichen Verfassung. Stellen Sie daher sicher, dass Ihr Kind genügend Schlaf sowie Erholungsphasen zum Auftanken bekommt. Das Kind benötigt Ruhephasen, in denen es einfach die Seele baumeln lässt. In der Freizeit sollte es einen Ausgleich zur Schule bekommen. Neue Impulse sorgen dafür, dass es Energie und Kraft tankt und das wiederum motiviert das Kind.

Vielleicht geht es Ihnen so wie Sebastians Mutter. Sie blickt neidisch zu denen, die erzählen, dass ihr Kind total versunken in das Spiel mit Legosteinen ist oder stundenlang ein Bild malt. Ihr Sohn dagegen ist hibbelig und fängt alle drei Minuten eine neue Sache an. Sie hält ihren Sohn für lebhaft, weiß aber auch, dass er damit später Probleme bekommen kann. In der Kita haben sie bereits vorgeschlagen, dass sie Sebastian zu einem Konzentrationstraining schicken sollte. Mütter und Erzieher machen sich Gedanken, da das Vorschuljahr sehr anspruchsvoll ist und das Kind daher zumindest zehn Minuten stillsitzen können sollte.

Zehn Minuten sollten tatsächlich, wie oben beschrieben, möglich sein. Da die Konzentration durchschnittlich fünfzehn Minuten beträgt, sollten Sie als Elternteil aber auch nicht viel mehr als diese zehn Minuten erwarten. Wenn sich Eltern oder Erzieher über mangelnde Konzentration beklagen, beruht dies oftmals auf einer unrealistischen Erwartung. Dies fand der Kölner Psychologie-Professor Gerhard Lauth heraus. Er arbeitet bereits seit vielen Jahre mit Kindern. Aus Umfragen ergibt sich, dass Lehrer und Erzieher bei ca. 25 Prozent der Kinder denken, dass sie unter Konzentrationsstörungen leiden.

Störungen in Wahrheit seltener

Lauth sagt, dass der tatsächliche Teil der Aufmerksamkeitsstörungen, welche nach wissenschaftlichen Gesichtspunkten festgestellt werden, nur zwischen drei und vier Prozent liegt. Erwachsene verlangen meist zu viel Disziplin von ihren Kindern ab.

Kinder haben einen komplizierten Schulweg, müssen dem Unterricht folgen und teilweise selbstständig in kleinen Gruppen arbeiten. Viele Kinder haben damit Probleme, da Konzentration nicht angeboren ist. Die Magdeburger Neurobiologin Prof. Dr. Anna Katharina Braun sagt, dass wir im Laufe des Lebens zunächst üben müssen, die Aufmerksamkeit zu einem bestimmten Zeitpunkt auf eine gewisse Sache zu lenken. Genetisch bedingt fällt dies manchen Kindern leichter als anderen. Der Prozess ist aber grundsätzlich der gleiche. Es müssen sich gewisse Nervenzellen verschalten und für das Verhalten neuronale Bahnen gelegt werden. Das Gute daran ist, dass das Gehirn lernen will und quasi süchtig danach ist. Laut Braun führt jeder Lernerfolg dazu, dass der Körper Glückshormone ausschüttet. Das kindliche Gehirn sucht damit immer nach dem Kick.

Konzentration benötigt Interesse

Es ist größtenteils die Aufgabe der Eltern, den Spaß am Lernen zu fördern, das ist überhaupt nicht schwer. Dies gelingt am besten durch gemeinsame Aktivitäten. Kinder lernen so zwischen den Zeilen, dass Aufmerksamkeit und Disziplin zu guten Ergebnissen führen. Ein Beispiel dafür ist das gemeinsame Backen, bei dem die einzelnen Arbeitsschritte am Ende zum Teig führen. Der Kuchen muss zwar noch gebacken werden, aber der ist dann köstlich. Wer sich beim Fußballspielen mit Papa für eine Sache begeistern kann, ist auch in anderen Situationen bereit, Regeln einzuhalten und die Impulse einmal zu unterdrücken.

Aufmerksamkeit vorleben

Eltern sind die besten Vorbilder für ihre Kinder. Wenn Sie wollen, dass sich Ihr Kind gut konzentrieren kann, müssen Sie beim Puzzeln oder Vorlesen selbst bei der Sache bleiben und nicht zwischendurch telefonieren oder E-Mails checken. Es ist wichtig, eine Balance zwischen Aktion und Ruhe zu finden. Dafür muss auch einmal die Langeweile ausgehalten werden.

Was ist aber, wenn Ihr Kind sich nicht altersgemäß konzentrieren kann? Gerhard Lauth sieht einen Hinweis darauf, dass ernste Aufmerksamkeitsstörungen vorliegen, wenn die Kinder so unruhig sind, dass es auf lange Sicht auf mehreren Ebenen knallt, beispielsweise im Kindergarten, beim Kontakt mit Gleichaltrigen oder in der Schule. In diesem Fall müssen Sie sich Hilfe suchen. Erst dann sollten Sie mit Ihrem Kind zu einem Kinderarzt gehen, der auf ADHS spezialisiert ist.

Kinder im Bereich Konzentration fördern

Wenig Sport und ungesunde Ernährung haben negative Auswirkungen auf die Konzentration von Kindern. Durch die fehlende Motivation ist das Kind abgelenkt und lustlos.

Als Eltern können Sie Ihr Kind unterstützen, die Konzentration zu steigern, indem Sie dafür sorgen, dass sich Ihr Kind beim Lernen ausgewogen und gesund ernährt.

Nahrungsmittel, um die Konzentration schnell zu steigern

Wenn Ihr Kind eine Klassenarbeit schreibt, muss es die Tage davor intensiv lernen. Da wäre es sehr praktisch, wenn die Kinder einfach einen Snack zu sich nehmen können, der das plötzliche Leistungstief verschwinden lässt.

Leider gibt es dieses Wundermittel nicht. Ein Glas Limonade oder ein Stück Traubenzucker macht zwar für kurze Zeit fit, da der Blutzuckerspiegel ansteigt. Nach kurzer Zeit fällt er aber wieder, was zu Müdigkeit und Heißhungerattacken führt. Auf diese Weise wird die Konzentration nicht nachhaltig verbessert, sondern sogar gestört.

Es ist aber wahr, dass das Kind Zucker benötigt. Hierfür sind langkettige Kohlenhydrate geeignet, welche in Vollkornprodukten enthalten sind. Diese wandeln sich langsam in Zucker um und sorgen nachhaltig dafür, dass das Gehirn Energie bekommt.

Fünf Zutaten für die langfristige Steigerung der Konzentration

Sie sollten auf einen guten Ausgleich der Nahrungsmittel achten, damit der Körper auf lange Sicht einsatzbereit und kräftig bleibt.

1. Viel trinken

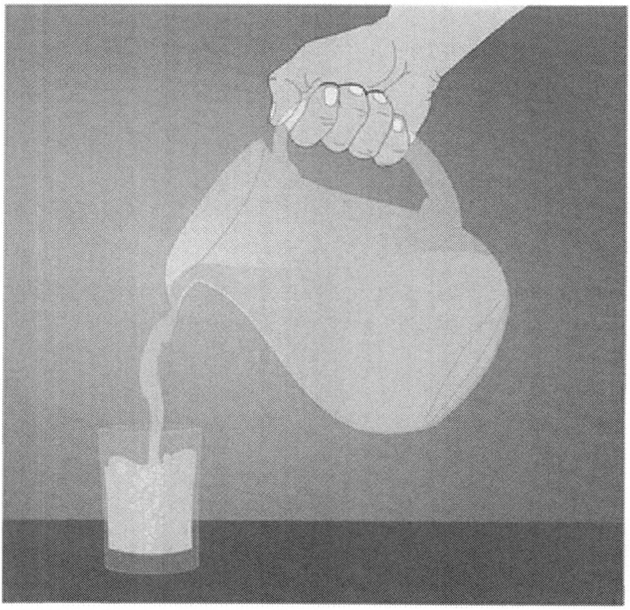

Ausreichend Flüssigkeit ist besonders wichtig, damit ein guter Informationsfluss zwischen den Synapsen und Zellen herrscht. Für einen guten Transport von Sauerstoff und die Versorgung des Gehirns benötigt der Mensch täglich zwischen zwei und drei Liter Wasser.

2. Gute Fette

Das Gehirn benötigt auch Fett. Es gibt allerdings gute und schlechte Fette. Gesättigte Fettsäuren und vor allem gehärtete Fette, welche in Margarine und Kartoffelchips zu finden sind, bergen in großen Mengen ein Risiko. Ungesättigte Fettsäuren sind dagegen lebensnotwendig, können aber vom Körper nicht selbst hergestellt werden. Ein Beispiel dafür sind Omega-3-Fettsäuren, denn sie sorgen für Fluidität der Zellmembranen. Auf diese Weise sorgen sie dafür, dass Nerveninformationen ausgetauscht werden, was uns beim Lernen und Erinnern hilft. Unser Körper löst die Omega-3-Säuren aus den Fetten heraus, welche in der Nahrung enthalten sind. Sie befinden sich unter anderem in Trockenfrüchten, Nüssen und Seefisch. Zudem sind Lein- und Rapsöl empfehlenswert. Fett wird auch benötigt, um Vitamine aufzunehmen und zu verarbeiten.

3. Wertvolle Aminosäuren

Diese sind beispielsweise in Hülsenfrüchten enthalten. Linsen sind ein guter Eiweißlieferant und in ihnen stecken Ballaststoffe, welche uns sättigen. In Maßen ist auch Fleisch geeignet, sollte aber nicht als Sattmacher genutzt werden, weil darin gesättigte Fettsäuren enthalten sind. Vor allem verarbeitete Fleischprodukte, beispielsweise Würstchen, haben häufig mehr Fett, als Sie denken.

4. Zucker in Maßen

Das Gehirn benötigt von unserem Körper die meiste Energie und dies in Form von Zucker oder Glukose. Dabei sollten Sie allerdings aufpassen, da ein Übermaß an Zucker kontraproduktiv wirken kann. Kurzkettige Kohlenhydrate, die in Weißmehlprodukten und Zucker zu finden sind, verarbeitet der Körper schnell und sorgen für eine kurzfristige Steigerung des Insulinspiegels. Dies sorgt aber nicht dafür, dass der Körper nachhaltig mit Energie versorgt wird. Im Gegenteil, zu viel Zucker lähmt das Gehirn sogar. Am besten ist es, langkettige Kohlenhydrate, welche sich in Vollkornprodukten befinden, zu sich zu nehmen. Diese werden vom Körper langsam aufgespalten und so in Zucker umgewandelt. Auf diese Weise wird das Gehirn anhaltend mit

Energie versorgt und dies hilft bei der Steigerung der Konzentration. Süßigkeiten liefern keine Energie und der Körper benötigt sie auch nicht.

5. Viele Vitamine

Vitamine wie zum Beispiel A, Beta-Carotin und C schützen das Gehirn vor freien Radikalen, welche die Zellen schädigen. Als vitaminreicher Snack eignen sich Gurken-, Karotten- oder Paprikastäbchen mit einem leichten Dip. Tomaten beinhalten auch viele Vitamine und sind gut für die Lunchbox. Obst enthält zwar viele Vitamine, aber zudem viel Zucker. Achten Sie daher darauf, dass Ihr Kind viel Gemüse und nicht so viel Obst isst. Reduzieren Sie auch Fruchtsäfte und geben Sie Ihrem Kind lieber ungesüßten Tee oder strecken Sie die Fruchtsäfte mit Mineralwasser. Um den Vitamingehalt nicht zu verlieren, greifen Sie lieber zu Rohkost.

Die ideale Nahrung für das Gehirn - Ausgewogen, frisch und regelmäßig

Viel wichtiger als die Konzentration kurzfristig zu steigern, ist eine langfristige Steigerung zu bewirken. Hierfür ist eine ausgewogene Ernährung wichtig.

Ein ausgewogenes Frühstück ist die Basis

Wählen Sie gleich morgens ein Frühstück, was lange vorhält, dabei aber nicht übersättigend ist.

5 kleine Mahlzeiten am Tag

Für die langfristige Steigerung der Konzentration und der Förderung des Lernens empfehlen sich fünf kleine Mahlzeiten, die über den Tag verteilt sind. Gute Energielieferanten, die perfekt in die Lunchbox passen, sind Vollkornbrot, Obst, Rohkost, Nüsse und Trockenfrüchte. Wichtig ist, dass ungesüßter Tee und ausreichend Wasser immer griffbereit sind.

Schlechte Zusatzstoffe vermeiden

Sie können unnötige Zusätze wie Farbstoffe, Geschmacksverstärker, Konsistenzgeber und künstliche Aromen vermeiden, wenn Sie das Essen frisch zubereiten. Es muss kein großer Aufwand sein, sondern macht sogar Spaß, wenn die gesamte Familie eingebunden ist. Die Kinder können Gemüse schneiden, Suppe rühren oder den Teig kneten. So wird das Essen noch köstlicher.

Machen Sie sich keine Gedanken, wenn es einmal nicht klappt. Das Gehirn arbeitet auch weiter, wenn einmal zu wenig gegessen wurde. Es nimmt sogar als letztes Schaden, weil die Leber einspringt und der Körper aus den eigenen Reserven Fettsäuren generieren kann. Versuchen Sie aber Ihrem Kind möglichst oft gesunde und ausgewogene Ernährung zu ermöglichen. So fördern Sie seine Konzentration, was zu mehr Motivation und Leistung führt.

Bei Konzentrationsproblemen ist auch Sport wichtig, weil dieser die Aufmerksamkeit fördert. Hierbei sind Ballsportarten besonders geeignet.

Beim Sport werden die exekutiven Funktionen des Gehirns gefördert, zu denen Aufmerksamkeit und Konzentration gehören. Ballsportarten oder auch Klettern eignen sich besonders gut, weil sie die Koordination und die Bewegungsabläufe trainieren. Achten Sie darauf, dass Ihr Kind in einer kleinen Gruppe angeleitet wird.

Konzentrationsübungen

Star bei Memory werden

Kinder lieben es, Memory zu spielen, vor allem weil sie dabei fast immer gegen ihre Eltern gewinnen. Manchmal wird aber auch nachgeholfen, um die Kinder nicht zu frustrieren. Denn so gerne wir doch als Elternteil selbst gewinnen, sehen wir doch lieber in die freudestrahlenden Augen unseres Kindes.

Schauen wir uns das einmal bei Mutter Doris und ihrer Tochter Melanie an. Doris konnte ihre Tochter heute nicht dazu motivieren, gleich nach dem Mittagessen die Hausaufgaben zu machen. Daher schloss sie mit ihr den Kompromiss, dass sie erst mit ihr eine Runde Memory spielen würde und Melanie dann die Hausaufgaben macht. Doch schon nach kurzer Zeit merkt sie, dass ihre Tochter heute nicht so richtig bei der Sache ist. Sie fängt an, schlechter zu spielen, als sie könnte, weil sie weiß, dass sie ihr Kind sonst gar nicht dazu bewegen kann, die Hausaufgaben zu erledigen. Doris möchte dies nicht weiter so handhaben und fragt sich, wie sie die Konzentration ihrer Tochter fördern kann. Hierfür gibt es tolle Übungen, welche dem Kind Spaß machen.

1. Welcher Tag ist gemeint?

Fragen Sie Ihr Kind: Wenn heute Dienstag ist, welcher Tag war vor vier Tagen? Oder: Wenn heute Freitag ist, welchen Tag haben wir in sechs Tagen?

2. Was passt nicht in diese Reihe?

Nennen Sie Ihrem Kind vier Wörter, von denen drei miteinander zusammenhängen und eines davon nicht. Zum Beispiel: Orange, Pflaume, Hund, Apfel (ein Tier, drei Obstsorten). Oder: Traubensaft, Orangensaft, Mineralwasser, Käse. Oder: Feuerwehrauto, Krankenwagen, Polizeiwagen, Küche. Oder: Tiger, Goldfisch, Elefant, Leopard.

3. Was ist rot?

Lassen Sie Ihr Kind zehn Dinge oder mehr aufzählen, welche rot sind. Machen Sie danach mit einer anderen Farbe weiter wie gelb, blau etc.

4. Das Städte-ABC

Sie sagen zuerst eine Stadt, welche A als Anfangsbuchstaben hat, Ihr Kind nennt eine Stadt mit B usw.

5. Am Strand

Ihr Kind soll sieben Wörter aufzählen, die sich um den Strand drehen. Es können auch sieben Begriffe zum Thema Ostern, Schule oder Weihnachten sein. Am meisten Spaß macht diese Übung, wenn Ihr Kind und Sie sich abwechselnd Fragen stellen.

6. Zahlenkette

Dies ist ein einfaches Merkspiel zur Förderung der Konzentration. Sie bilden die Zahlenketten, indem Sie langsam immer neue Zahlen hinzufügen. Ihr Kind erhält von Ihnen eine Zahl, die es am nächsten

Tag nennen soll. Wenn dies funktioniert hat, geben Sie ihm eine weitere Zahl. Sie können mit der Zahlenkette beliebig lange fortfahren. Wenn sich Ihr Kind nicht erinnern kann, belassen Sie es einfach bei der schon aufgestellten Zahlenfolge und geben an diesem Tag keine weitere Zahl hinzu.

7. Wegbeschreibung

Die Wegbeschreibung ist ein Klassiker bei den Konzentrationsübungen. In dem Fall, dass Ihr Kind bereits gut schreiben kann, notiert es den Schulweg. Dabei schreibt das Kind Straßennamen auf und wann es rechts oder links abbiegen muss. Es kann auch Angaben zu bekannten Gebäuden, Denkmälern oder Läden hinzufügen. Falls das Kind noch nicht so gut schreiben kann, wird aus dieser Konzentrationsübung einfach eine Zeichenaufgabe. Ihr Kind erstellt eine Straßenkarte, die es nach Hause führt und zeichnet dabei Wichtiges ein.

8. Beobachten und zeichnen

Bei dieser Konzentrationsübung geht es darum, sich auf Details zu fokussieren. Ein Kind betrachtet einige Minuten einen Gegenstand und zeichnet diesen danach mit so vielen Einzelheiten wie möglich aus dem Gedächtnis auf. Anschließend erraten die übrigen Anwesenden, um welchen Gegenstand es sich handelt.

9. Gegensätze finden

Nennen Sie Ihrem Kind ein Adjektiv, zu dem es das Gegenteil suchen soll. „Klein" – „Groß", „Hässlich" – „Schön", „Dunkel" – „Hell". Führen Sie die Konzentrationsübung so lange aus, wie es dem Kind Spaß macht. Am besten spielen Sie es jeden Tag ein bisschen länger.

10. Lauschen

Dies ist eine akustische Konzentrationsübung, bei der das Kind genau zuhören muss.

Das Kind lauscht einem Gespräch, einem Hörspiel oder einem vorgelesenen Buch und zählt bestimmte Wörter, die vorher vorgegeben wurden, beispielsweise oder, aber, usw.

Die Konzentrationsübung kann gesteigert werden, wenn das Kind auf mehrere Wörter achten soll. Das Kind muss allerdings nicht der Geschichte folgen und den Inhalt später wiedergeben.

Spaß und Konzentration unterwegs

„Sind wir bald da?“ „Ich muss mal.“ „Ich will ein Eis.“ „Mir ist langweilig.“ Wer kennt diese Sätze nicht? Lange Autofahrten sind für Kinder sehr langweilig und da sie sich nicht lange auf eine Sache konzentrieren können, sind sie immer auf der Suche nach einer Beschäftigung. Auch längere Spaziergänge sind für die Kleinen manchmal nicht so spannend. Eine Lösung für diese Herausforderung sind Konzentrationsübungen für unterwegs. Diese sorgen nicht nur für Unterhaltung, sondern fördern auch noch die Konzentration des Kindes. Eine echte Win-win-Situation.

1. Ich packe meinen Koffer

Den meisten ist „Ich packe meinen Koffer“ sicher bekannt. Das Kind nennt einen Gegenstand, den es auf einer Reise einpacken würde. Der nächste muss diesen wiederholen und sich dazu einen eigenen ausdenken. Der dritte muss beide Begriffe wiederholen und einen Gegenstand dazu sagen. Das Spiel dauert so lange an, bis jemand die Reihenfolge oder einen Gegenstand vergisst. Jeder muss aufmerksam sein, damit kein Begriff verpasst wird. Die Übung macht besonders Spaß, wenn exotische Gegenstände genannt werden.

2. Liegende Acht

Das Kind soll sich eine liegende Acht vorstellen, welche vor ihm auf Augenhöhe schwebt. Mit Hilfe von Kopf- und Augenbewegungen soll es die Acht nun mehrmals nachschreiben. Dies ist eine Übung für jeden Tag und hilft den beiden Gehirnhälften bei einer besseren Synchronisierung. Dadurch steigert sich die Konzentration enorm.

3. Phantasiereise

Mit der Phantasiereise bekommt das Kind Zugang zu seiner unbewussten, inneren Bilderwelt. Es kann Kräfte und Ressourcen aktivieren, die ihm im Wachzustand nicht zugänglich sind. Eine Phantasiereise kann beispielsweise an den Strand führen. Sie haben das Ziel, durch das Hören bestimmter Texte und der folgenden Entspannung, positive Gefühle und Gedanken zu vermitteln. Zudem sollen Ängste überwunden werden. Hierdurch wird das Selbstbewusstsein gestärkt sowie die Handlungsfähigkeit und das Bewusstsein erweitert.

Der Stress wird abgebaut und das innere Gleichgewicht zurückerlangt. Über die Imagination wird die Kreativität, die Entwicklung der Persönlichkeit, die Phantasie und die Konzentration gefördert.

4. Schritte zählen

Die Konzentrationsübung kann sehr gut auf einer ausgedehnten Wanderung oder einem kleinen Spaziergang eingebaut werden.

1. Fangen Sie mit Ihrem Kind zusammen an, die Schritte laut zu zählen.
2. Wenn sich Ihr Kind verzählt, beginnen Sie von vorne.
3. Die Übung kann dadurch erschwert werden, dass Sie sich nebenbei unterhalten und im Kopf mitzählen oder nur jeden zweiten Schritt zählen.

5. Pflastersteine und Fugen

Kinder haben Spaß dabei, andersfarbigen Pflastersteinen oder Fugen auszuweichen. Dieses Spiel ist auch eine Konzentrationsübung. Legen Sie zuerst gemeinsam Regeln fest, z.B. auf welche Farbe der Fuß gesetzt werden darf und welchem Stein ausgewichen werden muss. Es muss auch ein Ziel festgesetzt werden, beispielsweise die nächste Straßenecke. Sie können auch solange weitermachen, bis jemand drei Fehler gemacht hat. Hier wird nicht nur die Konzentration, sondern auch das Gleichgewicht gefördert.

6. Erde, Luft und Wasser

1. Ein Kind gibt eines der Elemente Luft, Wasser oder Erde an.
2. Das Kind, welches als erstes ein Tier nennt, das in dem Element lebt, gibt als nächstes ein Element vor und so weiter.
3. Die genannten Tiere dürfen nicht noch einmal genannt werden.

7. Balancieren

Dies ist eine Multiübung. Kinder trainieren gleichzeitig drei Aspekte des Gehirns - Gleichgewichtssinn, Koordination und Konzentration.

1. Das Kind nimmt dafür einen beliebigen Gegenstand und balanciert diesen auf dem Handrücken, der Fingerspitze oder dem Fuß. Es versucht so lange wie möglich die Balance zu halten.
2. Mit Form und Art des Gegenstands wird der Schwierigkeitsgrad variiert.

8. Fehler finden

Bei dieser Übung sollen die Kinder zuhören und Fehler in der Geschichte finden. Sie erzählen eine Geschichte und bauen hierbei unrealistische Wortkombinationen ein. Das können beispielsweise sein „eine blaue Giraffe", „ein rundes Viereck", „eine süße Zitrone". Wenn das Kind einen Fehler entdeckt, ruft es laut „Fehler". Diese Konzentrationsübung kann auch als Wettbewerb durchgeführt werden.

9. Wörterkette

Dieses Spiel wird mit zusammengesetzten Wörtern gespielt. Sie fangen mit einem Wort, das aus zwei Wörtern zusammengesetzt ist, an. Das Kind muss darauf ein neues Wort nennen, das mit der Endung des von Ihnen genannten Wortes anfängt.

Beispiel: Gartenhaus, Hausmeister, Meisterbrief, Brieftaube, Taubenei, Eigelb usw. Dieses Spiel kann überall und jederzeit gespielt werden, da es keine Vorbereitungen und besonderen Materialien benötigt.

10. Endlose Geschichte

Der erste Spieler gibt ein Wort vor und der zweite wiederholt dieses und fügt ein neues hinzu. Dies wird solange fortgesetzt, bis jemand ein Wort vergisst. Die Wörter sollen nicht nur in korrekter Reihenfolge wiedergegeben werden, sondern auch eine sinnvolle Geschichte ergeben. Wenn ein Wort unpassend ist, wird dieses korrigiert. Zudem soll der Satzbau korrekt sein. Diese Übung fordert die Aufmerksamkeit und die Konzentration.

Immer in Bewegung bleiben

Vielen Kindern mangelt es heutzutage an Bewegung, welche die Konzentration fördert. Die folgenden Übungen bieten Bewegung und unterstützen die Konzentration.

1. Balance im Labyrinth

Mit einem Balanciertau oder Springseilen wird auf dem Boden ein Labyrinth gelegt. Die Kinder balancieren dann auf dieser Seilstrecke. Dies ist eine einfache Übung, welche das Körpergefühl und den Gleichgewichtssinn trainiert. Um mehr Tempo hineinzubringen, können Sie zwei Labyrinthe legen, welche um die Wette durchquert werden. Der Schwierigkeitsgrad erhöht sich zudem, wenn rückwärtsgelaufen werden muss.

2. Reitturnier

In dieser Übung führt der „Reiter“ sein „Pferd“ durch den Parcours. Hierbei müssen Hindernisse umlaufen oder übersprungen werden. Dies funktioniert am besten, wenn zwischen dem Zweierteam Einigkeit herrscht. Bei diesem Spiel eignet sich die Pferdeleine für Kinder hervorragend, es können aber auch Ringe, Stäbe oder Springseile, welche von beiden Kindern gehalten werden, genutzt werden, um das Pferd zu führen.

3. Bewegung mit Rhythmusbegleitung

Bei dieser Übung werden verschiedene Spielgeräte von den Kindern zu Rhythmusinstrumenten umfunktioniert und daraus wird ein Orchester gebildet. Der Spielleiter gibt den Rhythmus vor. An diesem Orchester ist besonders, dass sich dabei bewegt werden soll.

4. Reise mit der Eisenbahn

Mithilfe von einigen Seilen wird eine möglichst kurvige lange Strecke gelegt. Die Kinder stellen den Zug dar, indem jedes Kind die Schultern vom Vordermann fasst. Dann starten sie die Fahrt an der Strecke entlang. Der Zug kann als Eilzug schnellfahren oder auch als Bummelzug ganz langsam. In den Kurven wird sich schräg gelegt. Am Endbahnhof stoppt der Zug.

5. Lebende Bilder

Die Kinder bewegen sich mit Spielgeräten pantomimisch in kleinen Gruppen zu zweit, beispielsweise beim simulierten Badmintonspiel, beim Tauziehen mit Springseilen, beim Tanz mit Ringen und Bällen. Dann wird so getan, als ob ein Foto gemacht wird und beim Kommando „Klick“ bleiben alle sofort in ihrer jeweiligen Pose wie erstarrt stehen. Diese Übung kann auch mit Musik, welche auf einmal stoppt, durchgeführt werden.

6. Slalom-Ball

Diese Konzentrationsübung wird in zwei gleich großen Gruppen gespielt. Die Kinder bilden eine Reihe und schon geht es los. Der Erste dribbelt einen Ball möglichst schnell im Slalom durch einen Hindernisparcours. Hierfür eignen sich fünf bis sieben Markierungskegel. Der erste Spieler kommt zurück und nun startet der nächste. Es gewinnt die Gruppe, die zuerst den Slalomparcours komplett absolviert hat. Das Spiel kann durch die Führung des Balls wie prellen oder rollen variiert werden.

7. Fitnessstudio im Klassenraum

Elastische Bänder und Springseile eignen sich hervorragend für Fitnessübungen zum Dehnen und Ziehen. Hier ist die Kraft nicht so wichtig, sondern mehr die Wiederholung der Bewegung. Bestimmt finden die Kinder einige Dinge, welche sie zu Fitnessgeräten umfunktionieren können. Aus Mäppchen werden Hanteln und aus Schaumstoffwürfeln Gewichte. Die Fantasie kennt dabei keine Grenzen.

8. Manege frei

Es macht Kindern besonders viel Spaß, Zirkus zu spielen. Sie müssen nicht viel tun, damit Ihr Kind in Bewegung kommt. Sie brauchen ihnen nur die Materialien zur Verfügung stellen. Packen Sie in eine Box oder eine Tasche typische Zirkusutensilien wie Bälle, bunte Chiffontücher, Diabolos und Ringe. Aus Ihrem Kind wird so schnell ein kleiner Artist. Geben Sie bei Bedarf Hilfestellung. Manege frei.

9. Ufo-Alarm

Die Kinder bilden Gruppen, welche fünf bis sieben „Außerirdische" umfassen. Sie stellen sich in einem Kreis in einem Abstand von drei bis vier Metern auf. Im Zickzack oder Kreis manövrieren sie abwechselnd ihr Ufo, eine Soft-Wurfscheibe. Eine schwierigere Variante ist, wenn ein Kind in der Mitte steht und probiert, das Flugobjekt abzufangen. Wenn das funktioniert, stellt sich der Fänger in die Mitte.

10. Himmel und Hölle

Auf asphaltierten Höfen oder Wegen kann Straßenmalkreide eingesetzt werden. Die Kinder zeichnen als erstes das Himmel-und-Hölle-Spielfeld sowie die Zahlen eins bis zehn auf. Es ist am besten, wenn dies drei oder vier Kinder zusammen machen. Nach dem Ausmalen nimmt sich jedes Kind einen Stein zum Werfen und nun beginnt das Spiel. Zuerst wirft ein Kind den Stein in das Feld mit der eins. Wenn es trifft, darf es loshüpfen. Das Feld mit dem Stein wird immer übersprungen. Auf diese Weise wird bis zum Feld mit der zehn gehüpft und zurück. Die Linien dürfen dabei nicht berührt werden. Das Kind sammelt auf dem Rückweg den Stein wieder ein. Dann folgt der nächste Spieler. In der zweiten Runde wirft es den Stein in das Feld mit der zwei, als nächstes drei und so weiter. Wenn ein Kind beim Hüpfen einen Fehler macht, muss es in der nächsten Runde diese Zahl wiederholen. Es gewinnt, wer als erstes sämtliche Felder durchgehüpft hat.

Konzentriert mehr Spaß in der Schule haben

Schule kann sehr anstrengend sein und manchmal ist sie auch langweilig. Da ist es kein Wunder, dass die Konzentration im Laufe des Tages nachlässt. Das führt dazu, dass auch die Leistungen in der Schule nachlassen. Es gibt Fächer, die dem Kind Spaß machen, aber natürlich auch welche, die es nicht so sehr interessiert. Diese variieren von Kind zu Kind. Damit Ihr Kind in Zukunft konzentrierter ist und dadurch mehr Spaß in der Schule hat, sind die folgenden Übungen hilfreich:

1. Ein Aufwärmritual etablieren

Ein Sportler startet mit Übungen zum Aufwärmen und so sollten auch Schüler mit Konzentrationsübungen oder einem sehr leichten Stoff den Unterricht beginnen. Dies am besten für zwei bis drei Minuten. Auf diese Weise hat das Gehirn Zeit, langsam warm und richtig aktiv zu werden. Ein weiterer Vorteil ist, dass der Unterricht mit einem guten Erlebnis startet. Eine Aufwärmübung könnte folgendermaßen aussehen:

1. Das Alphabet soll möglichst schnell reihum aufgesagt werden.
2. Zu einem gewissen Thema sollen Wörter mit einer oder zwei Silben aufgesagt werden, beispielsweise englische Vokabeln, Adjektive, Farben, Gegenstände, Kleidungsstücke, Städte, Subjektive, Tiere etc.
3. Es sollen Zahlen von einer gewissen Zahl aus rückwärts genannt werden, welche durch drei oder auch vier oder fünf teilbar sind.
4. Die Schüler sollen sich für etwa eine Minute auf einen gewissen Punkt im Klassenraum konzentrieren. Sie sollen sich nicht ablenken lassen und nichts anderes wahrnehmen. Diese Zeit kann täglich verlängert werden.

Kinder haben Rituale sehr gerne. Ein Konzentrationsritual sorgt für eine positive Lerneinstellung und gibt Energie. Das Gehirn konzentriert sich automatisch auf das Lernen und lässt sich nicht von anderen Tätigkeiten und Gedanken ablenken.

2. Bewusst wahrnehmen mit sämtlichen Sinnen

Die Dinge, welche wir bewusst wahrnehmen und mit etwas Bekannten in Verbindung bringen, werden in der Regel sicher abgespeichert und in der Folgezeit wieder abrufbar. Bewusste Erlebnisse führen zu mehr Aufmerksamkeit und Konzentration. Es gibt einige Möglichkeiten, mit denen bewusste Wahrnehmung trainiert werden kann:

1. Gezielte Aufgabenstellungen, bei denen täglich oder wöchentlich auf ein gewisses Geräusch, eine Farbe oder Form geachtet wird.
2. Fälschungs- und Originalbildern, auf denen die Unterschiede gefunden werden müssen.
3. Bilder, auf denen Dinge versteckt sind, welche nicht dazu passen.

Wir haben fünf Sinne, davon nutzen wir meistens aber nur zwei – Seh- und Hörsinn. Der Mangel an sinnlichen und körperlichen Erfahrungen wie Schmecken, Tasten und Riechen führen dazu, dass weniger begriffen wird. Je mehr Sinne bei den Übungen eingesetzt werden, desto einfacher kann das Gehirn die Informationen abspeichern. Die Schüler sollten motiviert werden, alle ihre Sinne zu nutzen:

1. Lernstoff aufnehmen und dann abspielen.
2. Lernstoff anderen vermitteln und wiederum erklären lassen.
3. Ein ansprechend bebildertes Heft führen.
4. Häufig handelnd lernen, Sachen ausprobieren, Lernstoff fühlen und begreifen.
5. Mit Düften lernen, denn das Gehirn verknüpft das Gelernte mit einem Geruch.

3. Routine vermeiden

Wenn etwas zur Routine wird, führt dies dazu, dass wir nicht mehr aufmerksam zuhören oder genau hinschauen. Daher sollten Dinge möglichst anders als gewohnt getan werden.

1. Die Schüler sollen wichtige Begriffe, wichtige Regeln und Sätze, Überschriften aus Zeitungen oder Fremdwörter lesen und ebenso schreiben.
2. Die Schüler sollen häufiger als Rechtshänder Texte mit links schreiben und umgekehrt.

Die Konzentrationsfähigkeit kann zudem gefördert werden, indem sich Erholungs- und Lernphasen sowie Hand- und Kopfarbeit abwechseln. Auf diese Weise bleibt der Unterricht lebendig.

4. In Bewegung kommen

Die Geschwindigkeit der Informationsverarbeitung im Gehirn wird durch den Übergang von körperlicher Entspanntheit zur körperlichen Bewegung gesteigert. Je mehr Sauerstoff das Gehirn bekommt, desto besser kann es arbeiten. Stundenlanges Stillsitzen hat einen negativen Einfluss auf die geistige Leistungsfähigkeit und auch den Körper. Mit Bewegung funktioniert das Denken besser. Daher sollte diese fest zum Unterricht gehören, auch wenn es nur durch „aktives Sitzen" geschieht. In den Unterricht kann Bewegung gebracht werden, indem die Schüler spielerische, kleine Sitzhaltungsübungen machen. Die Schüler sollen öfter nach vorn an die Tafel kommen. Sie sollen sich recken und strecken und dürfen auch mal mit den Füßen wippen oder mit den Fingern auf dem Tisch trommeln. Es können Mini-Entspannungsübungen mit einer Kombination aus Atem und Bewegung integriert werden, beispielsweise der „Baum".

Hier stellen sich die Schüler gerade hin und strecken die Hände zur Decke. Die Handinnenflächen werden aneinandergelegt und versucht, Hände und Arme so weit wie möglich nach oben zu ziehen. Das linke Bein wird gehoben und der linke Fuß an der Seite des Oberschenkels oder auf das rechte Knie gelegt. Der Schüler atmet fünfmal ein und aus. Danach wird die Übung mit dem rechten Fuß wiederholt.

Bei Bewegungsübungen, die möglichst schnell ausgeführt werden, werden Konzentration, Koordinationsvermögen, Reaktionsfähigkeit, Vorstellungskraft und Wahrnehmung gleichzeitig gefördert. Dazu eignet sich das Spiel, bei dem zuerst jeder Buchstabe einem Körperteil zugeordnet wird. C, Q, X sowie Y können weggelassen werden. A wird mit Arm verknüpft, B mit Bauch usw. Danach nennen die Schüler der Reihe nach möglichst schnell ein Körperteil, auf das sie zeigen. Am Anfang alphabetisch, später durcheinander.

5. Das Gedächtnis trainieren

Menschen können in unterschiedliche Gedächtnistypen eingeteilt werden:

1. Verbaler Gedächtnistyp - benötigt Wörter
2. Visueller Gedächtnistyp - benötigt Bilder
3. Motorischer Gedächtnistyp - benötigt Bewegung und Handlungen

Jeder Mensch hat eine gewisse Methode, wie er sich Dinge merken kann. Mit Beobachtung der Schüler kann herausgefunden werden, welche die ihrige ist. Es sollte mit unterschiedlichen Übungen zur Vorstellungskraft und Gedächtnistechniken trainiert werden. Mit hilfreichen Verknüpfungen und einer spielerischen Herangehensweise steigert sich die Konzentration bei den Schülern und das Gelernte wird besser behalten. Das sorgt für Erfolgserlebnisse, welche für Schüler und Schülerinnen mit Konzentrationsproblemen sehr wichtig sind, um dran zu bleiben. Folgende Übungen können für den Anfang helfen: Kinderzimmer

Die Schüler sollen die Augen schließen und an ihr Zimmer denken. Welche Farbe hat die Tür? Welche Möbel stehen rechts von der Tür? Wie ist das Fenster aufgebaut? Hängen Poster an der Wand? Aus welchem Material ist der Fußboden? Sind die Möbel hell oder dunkel? Was für ein Muster hat der Bettbezug? Was befindet sich auf dem Schrank? Was befindet sich auf dem Schreibtisch? Hat die Tapete ein Muster?

Schulweg

Auch hier sollen die Schüler die Augen schließen. Dann sollen sie daran denken, dass sie am Morgen ihren Schulrucksack nehmen und aus dem Haus gehen. Was für eine Farbe hat das Haus, in dem sie wohnen? Wie sieht das Haus der Nachbarn aus? Gibt es Geschäfte in der Straße? Wo müssen sie abbiegen? Gibt es dort eine Ampel? Pflastern Bäume den Weg? Stehen in der Straße Ein- oder Mehrfamilienhäuser? Wie viele Straßen müssen sie überqueren, bis sie bei der Schule angelangen?

Diese Visualisierung unterstützt die Schüler dabei, sich zu fokussieren und auf diese Weise Gelerntes besser abrufen zu können. Besonders für den visuellen Lerntyp ist dies eine sehr gute Methode. Der verbale Gedächtnistyp lernt mit Hilfstechniken wie Eselsbrücken, Reimen oder Wörterketten am besten. Der motorische Lerntyp bevorzugt Bewegungsgedächtnistraining, beispielsweise indem er Bewegung mit zu merkenden Zahlen verknüpft:

1. Null - Neigung nach unten
2. Eins - Einbeinstand
3. Zwei - mit beiden Händen Klavier spielen
4. Drei - dirigieren

usw.

Stress gelassen begegnen

Heutzutage sind Kinder einem besonders hohen Erwartungsdruck ausgesetzt. Im Alltag herrscht ständig Hektik und es gibt ein Überangebot an Medien. Das führt dazu, dass sich Kinder kaum noch entspannen können. Die Anspannung sorgt für noch größeren Stress, sodass einige Kinder gar nicht mehr zur Ruhe kommen.

Ein Beispiel davon ist der achtjährige Alexander. Er kommt gerade von der Schule und schlingt sein Mittagessen herunter. Bevor er aber mit den Hausaufgaben beginnt, setzt er sich vor den Fernseher. Die flimmernden Bilder auf dem Bildschirm lassen ihn nicht mehr los. Seine Mutter fordert ihn auf, seine Hausaufgaben zu machen, damit er diese noch vor dem Fußballtraining fertig hat. Nur widerwillig begibt er sich in sein Zimmer. Dort textet ihm ein Freund und er wird davon abgelenkt. Ganz knapp schafft er es seine Aufgaben zu erledigen, bevor er zum Training muss. Als er nach Hause kommt, denkt er an die Klassenarbeit, die er in zwei Tagen schreibt. Alexander hat keine Ahnung, wann er dafür lernen soll.

Unter all dem Stress leidet nicht nur die Konzentrationsfähigkeit, sondern auch die Gesundheit. In der Schule werden die Leistungen schlechter, die Kinder haben keine Energie und sie werden lustlos. Es folgt, dass sie eventuell Verhaltensstörungen entwickeln, die bis zu schweren Phobien gehen können.

Der Arzt Edmund Jacobsen hat die progressive Muskelrelaxation bzw. Muskelentspannung entwickelt, welche gestresste und unruhige Kinder dabei unterstützt, den Körper zu entspannen. Auf diese Weise lernen sie, ihre eigenen Bedürfnisse zu beachten und sich selbst bewusst zu werden, wenn die Anspannung zu groß ist.

Progressive Muskelentspannung eignet sich gut für Kinder

In unserem Körper ist Anspannung und Entspannung etwas völlig Verständliches und Natürliches. Der Herzmuskel zieht sich immer wieder zusammen und weitet sich aus, auf diese Weise wird der Körper mit Sauerstoff versorgt. Genauso verhält es sich bei der Atemmuskulatur, die sich in einem wiederkehrenden Rhythmus von Weitem beim Einatmen und Zusammenziehen beim Ausatmen befindet.

Die Kinder lernen mit der Progressiven Muskelentspannung (PMR) nach Jacobsen eine wirkungsvolle und einfache Methode, dass sie selbst etwas gegen Anspannung und Schmerzen tun können. Die PMR nutzt die Fähigkeit des Menschen, sich zu entspannen. Diese Fähigkeit ist bei Kindern noch besonders ausgeprägt. Sie üben, ihrer eigenen Anspannung zu begegnen und stellen fest, wie angenehm es ist, loszulassen und so das schöne Gefühl der Entspannung selbst herzustellen. Die Übungseinheiten sind in altersgerechte Geschichten spielerisch eingebaut und schon nach der ersten stellt sich Ruhe ein. Die Kinder können das Gefühl der Entspannung in ihren Alltag integrieren und in hektischen Situationen können sie dann besser mit Belastungen umgehen.

Wie die progressive Muskelentspannung Ihrem Kind helfen kann

Progressive Muskelentspannung unterstützt:

- bei Ängsten (vor allem Schul- und Prüfungsängste) und um Schmerzen zu verringern
- um die Konzentration zu fördern
- um Stress abzubauen
- um Stressresistenz und eine ausgeprägte Entspannungsfähigkeit zu entwickeln

Spielerische Einführungen in die PMR

Sinnvoll sind kleine Geschichten, welche das Kind in eine Fantasiewelt führen, in der es unterschiedliche Dinge erledigen muss. Das Kind legt sich entweder entspannt auf eine Liege bzw. Matte oder sitzt bequem auf einem Stuhl. Der Therapeut führt das Kind mit einer Geschichte in die Fantasiewelt und baut darin unterschiedliche Übungen ein. Das Kind muss beispielsweise die Schultern hochziehen, mit den Händen eine Faust ballen oder andere Handlungen ausführen.

Wichtig dabei ist, die anspannenden Handlungen immer wieder aufzulösen, um einen Wechsel zwischen Anspannung und Entspannung herzustellen. Voraussetzungen sind ein ungestörter Raum, wo die progressive Muskelentspannung praktiziert wird, sowie eine ruhige Stimme des Therapeuten. Die Geschichte darf nicht zu spannend sein, da sie zu Entspannung führen soll, stattdessen behandelt sie vor allem die Gefühlsebene. Im Buchhandel gibt es viele Vorschläge für Erzählungen.

Techniken üben

Die einzelnen An- und Entspannungen können auch gut in eine Gymnastikstunde eingebaut werden. Dies ist aber nur als Einübung gedacht, sodass das Kind versteht, was es tun soll. Der Therapeut stellt sich vor die Gruppe oder das einzelne Kind und macht vor, wie die Übungen durchzuführen sind. Auf diese Weise wird das Kind animiert, es dem Anleiter nachzumachen. Die Kinder haben umso mehr Spaß an den Übungen, desto abwechslungsreicher die Einübungszeit ist. So sind sie auch später besser motiviert. Wenn das Kind verstanden hat, worum es bei den Übungen geht, macht es schon nach kurzer Zeit bereitwillig mit.

Kinder benötigen einfühlsame Therapeuten

Das Therapieprogramm zur progressiven Muskelentspannung bei Kindern erfordert ein größeres Einfühlvermögen des Betreuers als bei der für Erwachsene. Im Allgemeinen haben Erwachsene selbst den Wunsch, ihre Situation zu verändern. Dagegen werden Kinder meistens mehr oder weniger von ihren Eltern gezwungen, die Therapie zu absolvieren.

Gerade am Anfang ist daher eine freiwillige Mitarbeit nicht zu erwarten. Wenn das Kind allerdings gut vorbereitet wird, kann die progressive Muskelentspannung im Verlauf auf alle Hilfsmittel verzichten. Spätestens, wenn das Kind feststellt, dass die Übungen gut für ihn sind, wird es von sich aus bereit sein, an der Therapie teilzunehmen.

Erfolge mit der progressiven Muskelentspannung

Progressive Muskelentspannung erreicht gute Erfolge. Schon nach ziemlich kurzer Zeit scheinen die Kinder ausgeglichener zu sein und wirken nicht mehr so angespannt und nervös. Sie schlafen in der Nacht besser, wodurch sie in der Schule ausgeruhter sind und das steigert wiederum ihre Leistungen. Die progressive Muskelentspannung wird häufig neben einer Verhaltenstherapie angeboten. Bei sehr auffälligen Kindern ist die positive Wirkung noch stärker zu erkennen. Daher ist die progressive Muskelentspannung nach Jacobsen vor allem für Kinder sehr zu empfehlen.

Bei den Übungen können folgende Muskelgruppen angesprochen werden

- Brust
- linke Hand und linker Arm
- rechte Hand und rechter Arm
- Bauch
- linker Fuß und linkes Bein
- rechter Fuß und rechtes Bein

Jede Muskelgruppe durchläuft verschiedene Phasen

1. Einspüren: Was für ein Gefühl besteht in den Muskeln vor der Übung?
2. Anspannungsphase: Die Muskeln werden für einige Sekunden bewusst angespannt.
3. Entspannungsphase: Die Anspannung wird gelöst, die Entspannung erfolgt für etwa 20 Sekunden.
4. Nachspüren: Das Kind konzentriert sich auf die Muskelgruppe, die es entspannt hat.

Was bei Kindern beachtet werden sollte

Die progressive Muskelentspannung kann mit Kindern durchgeführt werden, die mindestens fünf Jahre sind. Die Entspannungsübungen sollten mithilfe von Geschichten spielerisch von einem Erwachsenen vermittelt werden. Die Länge sollte altersabhängig sein. Für Fünf- bis Sechsjährige sind zwischen fünf und zehn Minuten ausreichend. Die Übungsdauer kann sich mit dem Alter der Kinder verlängern. Wenn ein Kind eine Entspannungsübung schon öfter durchgeführt hat, kann es diese später allein praktizieren.

Spielerisch entspannen

Für die Konzentration ist für Kinder Bewegung sehr wichtig. Um gleichzeitig Bewegung und Entspannung zu erreichen, können Yoga- und Pilatesübungen eingesetzt werden. Yoga können nicht nur Erwachsene machen, sondern auch Kinder haben Vorteile von Yogaübungen als Kräftigungs- und Bewegungstraining.

Pilates und Yoga führen zu einer korrekten und gesunden Körperhaltung. Die Kinder verbessern spielerisch ihre Ausdauer, Konzentration, Koordination und Kraft. Selbst unsportliche oder körperlich schwächere Kinder können die Bewegungen erlernen, indem sie diese in einem ruhigen Tempo ausführen. Schon nach kurzer Zeit erlangen sie mehr Kraft und Bewegung. Die Kinder lernen durch eine bestimmte Atemtechnik, An- und Entspannen der Muskulatur und bestimmte Bewegungsabläufe ihren Körper anders kennen. Die Übungen schonen die Gelenke und verbessern das Wohlbefinden und die Gesundheit der Kinder. Zudem werden die Ausgeglichenheit und Kreativität erheblich gefördert. Die Kinder sind weniger aggressiv und werden ruhiger.

Übungen für Kinder

1. Der Frosch

Für die Übung „Der Frosch“ stellt sich das Kind breitbeinig hin und geht anschließend tief in die Hocke. Dann beugt es seinen Oberkörper weit nach vorne. Die Hände werden flach auf den Boden gelegt und wenn es möglich ist, auch die Unterarme. Wichtig ist, dass die Füße komplett von den Zehen bis hin zur Ferse auf dem Boden aufliegen.

2. Der Gorilla

In dieser Übung stellt sich das Kind mit leicht gegrätschten Beinen locker hin. Danach breitet es die Arme aus und ballt die Hände zu Fäusten. Nun trommelt es mit den Fäusten auf den Brustkorb und atmet so tief ein, wie es kann. Beim Ausatmen brüllt das Kind so laut wie ein Gorilla.

3. Die Heuschrecke

In der Übung „Die Heuschrecke“ legt sich das Kind flach auf den Bauch. Es soll die Hände zu Fäusten ballen und sie unter die Oberschenkel stecken. Anschließend hebt es die Beine möglichst hoch nach oben. Die Schultern und der Kopf bleiben dabei unten.

4. Die Katze

In dieser Übung stellt sich das Kind in den Vierfüßlerstand. Zuerst streckt es den linken Arm nach vorne und das rechte Bein nach hinten. Nun macht es eine Pause und führt das Ganze entgegengesetzt aus.

5. Der Hahn

In der Übung „Der Hahn“ setzt sich das Kind in den Schneidersitz und legt die Fingerspitzen auf seine Schultern. Es bewegt danach die Ellenbogen wie zwei Flügel vor seinem Körper. Beim Heben der Arme soll das Kind einatmen und beim Senken der Arme ausatmen und wie ein Hahn „Kikerikiiii“ krähen.

6. Der Baum

Das Kind presst mit geschlossenen Beinen die Füße fest in den Boden. Anschließend hebt es das rechte Bein und legt den Fuß möglichst weit nach oben an das linke Bein. Die Hände werden vor der Brust zusammengefaltet und beim Einatmen streckt es diese nach oben über den Kopf. Dabei atmet das Kind gleichzeitig ein und aus.

7. Die Brücke

Bei dieser Übung legt sich das Kind auf den Rücken und zieht seine Beine an. Anschließend setzt es die Hände verkehrt herum neben den Kopf. Danach hebt es sein Becken an und versucht mit ganzer Kraft Beine und Arme gleichzeitig durchzudrücken.

8. Die Blume

In der Yoga-Übung „Die Blume" setzt sich das Kind mit angezogenen Beinen auf den Boden. Die Arme werden unter den Knien hindurchgeführt. Das Kind stößt sich nun leicht mit den Füßen vom Boden ab. Dabei balanciert es vom Po aus.

9. Die Tanzhaltung

Bei dieser Übung stellt sich das Kind zunächst auf sein rechtes Bein. Das linke Bein wird nach hinten abgewinkelt und die Fußspitze mit der linken Hand umfasst. Das Kind streckt gleichzeitig den rechten Arm weit aus. Es soll die Fußspitze nach vorne ziehen und dabei den Oberkörper ein wenig nach vorne beugen.

10. Die Geburtstagskerze

Das Kind legt sich flach auf den Boden. Anschließend hebt es die Beine gerade in die Höhe. Das Gewicht bleibt dabei auf den Schultern. Das Kinn wird eingezogen und der Brustkorb gehoben. Die Ellenbogen des Kindes verbleiben auf dem Boden und mit den Händen wird der Rücken gestützt. Die Füße gerade ausstrecken. Der Körper bildet, wie eine Kerze, eine Linie mit den Beinen und Füßen.

Meditation für Kinder

Meditation kann Kinder in unsicheren und stürmischen Zeiten dabei unterstützen, Konzentration aufzubauen und Ängste zu bekämpfen, wenn die Ruhe nicht erzwungen wird.

Kinder hatten schon immer Unsicherheiten, Ängste und Probleme, sich zu konzentrieren. Mit einer Meditation können sie ihre innere Ruhe finden und ihre Gedanken gezielt auf den Alltag richten.

Meditation für Kinder: Für Konzentration, gegen Angst

Meditation hat viele positive Auswirkungen auf Menschen, unabhängig vom Alter. In unterschiedlichen Studien wurde festgestellt, dass Meditation Schmerzen und Angst lindert, die Konzentration fördert und das Langzeitgedächtnis stärkt.

Besonders in schweren Zeiten kann Meditation Kindern als Ruhepol dienen, aus dem sie neue Kraft und Energie schöpfen. Während der Meditation treten Ablenkungen, Ängste, äußere Einflüsse und Sorgen in den Hintergrund. Der Atem wird ruhiger, genauso wie der Puls und der Herzschlag. Über die Konzentration auf die Meditation finden Kinder zur inneren Ruhe.

Kinder meditieren anders

Vielleicht können Sie sich nicht direkt vorstellen, wie Ihr Kind mit geschlossenen Augen auf dem Boden sitzt und begegnen der Meditation eher skeptisch. Daher ist es wichtig zu wissen, dass Kinder anders meditieren als Erwachsene. Dreijährige können nicht 30 Minuten auf dem Boden mit geschlossenen Augen sitzen. Trotzdem ist es möglich, mit Ihrem Kind zu meditieren.

Kinder können zunächst mit Musik an die Meditation herangeführt werden, ohne dass es dafür große Erklärungen benötigt. Schalten Sie zuhause beim Malen einfach entspannte Musik ein und beobachten Sie, wie Ihr Kind reagiert.

Wenn Sie mit der eigentlichen Meditation anfangen, geben Sie Ihrem Kind viele Freiräume. Es ist egal, ob es sich auf den Boden oder einen Stuhl setzt oder lieber auf die Couch legt. Hauptsache ist, dass es für das Kind bequem ist. Kinder haben mehr Freude zu meditieren, wenn es dabei nicht so streng zugeht.

Entspannung vor dem Einschlafen

Eine sehr gute Einstiegsmöglichkeit in die Meditation mit Kindern ist auch das abendliche Zubettgehen. Wenn Sie Ihrem Kind vor dem Einschlafen abends etwas vorlesen, können Sie das ideal mit einer Meditation verbinden.

Sie können mit Ihrem Kind eine kurze meditative Atemübung vor dem Vorlesen machen oder Sie wählen eine Meditation zum Anhören aus. Das Kind kann dann dieser beim Einschlafen lauschen.

Mama meditiert mit

Wenn Sie die Meditation lieber tagsüber mit Ihrem Kind ausprobieren möchten, können Sie davon profitieren, dass Kindern gerne nachahmen.

Setzen Sie sich auf den Boden und fragen Sie Ihr Kind einfach, ob es mitmachen möchte. Wenn Sie eine kindgerechte Meditation beginnen, möchte Ihr Kind bestimmt öfter mitmachen.

Kinder nicht überfordern

Als Eltern meint man es natürlich gut, wenn die Kinder sich entspannen, besser auf die Hausaufgaben konzentrieren und Ängste ablegen sollen. Dennoch ist es besonders bei der Meditation mit Kindern wichtig, dass ihnen nicht der Spaß genommen wird.

Verlangen Sie nicht zu viel von Ihrem Kind, besonders wenn es um die Länge der Meditationsübungen geht. Am Anfang ist es ausreichend, wenn das Kind ein oder zwei Minuten meditiert und anschließend wieder durch die Wohnung flitzt. Dritt- und Viertklässler dagegen können schon Meditationsübungen von zehn bis fünfzehn Minuten genießen.

Am besten geführte Meditationen für Kinder

Kinder sollten immer nur an geführten Meditationen teilnehmen. Das heißt, dass jemand die Meditation abspielt, mit Worten leitet oder sie vorliest. Kinder sollten in der Stille nicht einfach ihren Gedanken überlassen werden.

Für Kinder eignen sich besonders Traum- beziehungsweise Fantasiereisen, bei denen sie sich gewisse Umgebungen und Wege vorstellen. Im Internet werden sowohl eingesprochene Fantasiereisen als auch Geschichten zum Ausdrucken und Vorlesen angeboten.

Für den Einstieg eignen sich besonders Fantasiereisen, bei denen die Kinder in eine Welt entführt werden, die sie schon ein wenig kennen, zum Beispiel an einen See, einen Wald oder eine Wiese. So können sie leichter visualisieren. Später können die Fantasiereisen auch in ein buntes Abenteuerland, den Dschungel oder die Wüste gehen.

Meditationsübungen für Kinder

1. Die Ballonübung

Atemübungen gehören zu jeder Meditation. Tiefe langsame Atemzüge eignen sich hervorragend, um Aggressionen zu mindern, Ängste zu verringern und Stress abzubauen. Sie sind besonders wirksam, um ein erregtes oder nervöses Kind zu beruhigen, da kleine Kinder sich nicht selbst beruhigen können.

Angst, Erregung, Frustration oder Wut führen automatisch zu unkontrollierbaren Wutausbrüchen.

Wenn die Kinder älter werden, lernen sie Trost zu empfangen und ihr Verhalten an ihre Mitmenschen anzupassen, aber sogar Erwachsenen fällt es teilweise schwer, die Emotionen im Griff zu haben.

Abhilfe schafft eine einfache, aber effektive Atemübung – die Ballonatmung.

Die tiefen, langsamen Atemzüge geben dem Körper das Signal, sich zu entspannen, was dazu führt, dass sich die Atmung und die Muskeln lockern sowie die Erregung nachlässt.

Hier eine Anleitung für die Ballonatmung:

Schritt 1

Das Kind setzt sich auf einen Stuhl, auf den Boden, ein Kissen oder eine Yogamatte. Den Rücken hält es aufrecht und der Kopf ist gerade nach oben gerichtet. Es öffnet die Brust und kreuzt seine Beine, wenn möglich.

Schritt 2

Das Kind legt die Hände auf den Bauch und formt mit den Fingerspitzen einen Kreis.

Schritt 3

Nun atmet es tief durch die Nase und lässt den Bauch so lange anwachsen, bis das Gefühl eines großen, prallen Ballons entsteht.

Schritt 4

Das Kind lässt nun die Luft Stück für Stück entweichen, erst aus dem Bauch und danach aus den Lungen.

Schritt 5

Die Atemtechnik soll für drei bis fünf Minuten wiederholt werden.

Manche jüngere Kinder erleichtert es, die Übung liegend zu praktizieren. Dann legt es statt seiner Hände ein Kuscheltier oder Spielzeug auf seinen Bauch und das Kind beobachtet, wie es sich mit dem Atemzug auf- und ab bewegt.

Am besten übt das Kind diese Übung täglich ein paar Minuten mit dem Elternteil, bis es sie allein kann. Sie eignet sich sehr gut vor dem Lernen, einer Prüfung oder dem Schlafengehen.

2. Die Fantasiereise

Auf Fantasiereisen kann das Kind unbekannte Welten mit Drachen, Elfen und Feen besuchen, zum Mond fliegen oder Zauberwälder erforschen.

Bei Fantasiereisen handelt es sich um Geschichten, welche die Kinder an Orte führen, sie ermächtigen und entspannen. Sie entwickeln dadurch Vertrauen in ihre eigenen Stärken, ihr Selbstvertrauen steigert sich und sie können Probleme richtig einordnen.

Die Fantasiereisen eignen sich vor allem für Kinder, da sie sehr viel Fantasie haben. Sie können leicht in Traumwelten eintauchen und lassen ihrer Fantasie freien Lauf.

Die gewünschten Erfahrungen werden durch eine aktive Führung herbeigeführt. Mit Fantasiereisen können Entspannung herbeigeführt, das Selbstbewusstsein gestärkt und Probleme eingeordnet werden.
Laut Studien verbessern Fantasiereisen Heilungsprozesse und lindern bei Patienten Ängste vor einer Operation.

Hier einige Tipps für die Fantasiereise:

Schritt 1

Begeben Sie sich mit Ihrem Kind an einen ruhigen Ort. Im Bett kurz nach dem Aufwachen oder vor dem Schlafengehen ist es besonders gut geeignet.

Schritt 2

Dimmen Sie die Beleuchtung oder zünden Sie eine Kerze an. Wenn gewünscht, können Sie auch ruhige, sanfte Musik spielen.

Schritt 3

Erklären Sie Ihrem Kind, was Ihr Plan ist und erkundigen Sie sich nach gewünschten „Reisezielen". Wenn das Kind ein Wunschziel hat, wird es tiefer und leichter in die Fantasiewelt eintauchen.

Schritt 4

Bitten Sie Ihr Kind, die Augen zu schließen und fangen Sie mit einer entspannten Atemübung an, beispielsweise der Ballonatmung.

Diese sorgt für geistige und körperliche Entspannung bei Ihrem Kind, was die Basis für eine erfolgreiche Fantasiereise ist.

Schritt 5

Wenn Sie sicher sind, dass Ihr Kind für die Reise bereit ist, beginnen Sie in sanftem und ruhigem Ton mit der Geschichte. Sie können eine eigene Geschichte erfinden oder sie aus einem Buch vorlesen.

Schritt 6

Vor dem Schlafengehen kann es passieren, dass Ihr Kind bei der Geschichte einschläft. Das ist völlig in Ordnung.

Wenn Sie die Fantasiereise morgens oder tagsüber durchführen, ist es sehr hilfreich und interessant, das Erlebte mit dem Kind durchzusprechen.

Es geht nicht darum, Weisheiten des Lebens zu ergründen, sondern das Erlebte und die Gefühle zu vertiefen.

Es braucht Zeit und Übung, dass die Reisen zu einer geliebten Gewohnheit werden. Beim ersten Mal ist es ungewohnt und Ihr Kind kann sich der Geschichte vielleicht nicht hingeben. Es kann sein, dass es ständig Fragen stellt und die Geschichte mitentwickeln möchte.

Seien Sie geduldig und freuen Sie sich, dass es Interesse an der Geschichte zeigt. Je mehr Ihr Kind für die neue Gewohnheit offen ist, desto schneller wird es sich für die Fantasiereise öffnen. Nach einer Zeit sucht es die Orte der Reisen selbst aus, um Ängste, Stress und Probleme zu bewältigen.

3. Klangspiele

Klänge und Musik üben eine natürliche Anziehungskraft auf Menschen aus. Sie sorgen für unterschiedliche Emotionen. Von Ausgelassenheit, Freude bis hin zu Einsamkeit und Trauer. Diese Wirkung wird bei der Meditation mit Klängen genutzt.

Die Kinder werden bei den Schwingungen der Klänge aufmerksam und diese haben zudem eine heilende Wirkung auf Körper und Geist. Bei den Klängen reagiert das Kind mit dem Bedürfnis zu tanzen, einem Lächeln, Neugier oder Staunen. Sobald Sie die Aufmerksamkeit haben, können Sie mit Ihrem Kind ein meditatives Spiel beginnen. Damit gönnen Sie Ihrem Kind eine Auszeit, es konzentriert sich auf das Hier und Jetzt, entrinnt dem Alltagsstress und vergisst seine Sorgen.

Bereits fünf bis zehn Minuten mit einer Klangschale wirken sich erstaunlich auf ein Kind aus. Wenn es gerade noch erregt, streitsüchtig, ungehalten oder wütend war, ist es danach ausgeglichen, freudig und ruhig.

Es gibt so vielfältige Übungen mit Klangschalen, wie es Instrumente weltweit gibt.

Hier ein Beispiel für eine Übung, die auch mit mehreren Kindern funktioniert.

Die Klangübung hilft zu entspannen, verbessert den Gehörsinn und fördert die Konzentration.

Schritt 1

Suchen Sie sich mit Ihrem Kind einen stillen Ort zuhause oder in der Natur.

Schritt 2

Erklären Sie Ihrem Kind die Spielregeln:

1. Es darf sich bewegen, wie es will. Laufen, rennen, springen, tanzen, alles ist erlaubt.
2. Sobald es den Klang der Klangschale wahrnimmt, bleibt es aber sofort stehen, schließt die Augen und lauscht ausschließlich den Tönen.
3. Das Kind verbleibt in der Position, bis der letzte Klang der Schale verklungen ist, dann kann es seine Augen öffnen und wieder das machen, was es vorher gemacht hat.

Schritt 3

Wenn Sie sicher sind, dass Ihrem Kind die Regeln klar sind, kann das Klangspiel beginnen. Schlagen Sie in verschiedenen Abständen und in unterschiedlichen Lautstärken die Klangschale.

Schritt 4

Beachten Sie, ob Ihr Kind seine Konzentration auf die Klänge lenkt und den Anweisungen Folge leistet.

Schritt 5

Wiederholen Sie es für einige Minuten.

Es ist am besten, wenn Sie die Übung zunächst nur mit einem Kind ausführen. Nach etwas Übung können leichter weitere Kinder integriert werden.

Bei dieser Übung verbessert sich das Gehör, wird die Konzentrationsfähigkeit gestärkt und sie ermöglicht es dem Kind, sich aus den Erregungszuständen zu befreien.

Der Wechsel zwischen Aktivität und Ruhe, unterstützt Ihr Kind, sich zu regulieren und verhindert, dass die Emotionen überschäumen.

4. Taiji (Bewegungsmeditation)

Kinder lieben es, sich zu bewegen. Es kann also nichts Besseres geben, als diese mit Entspannung zu verbinden. Taiji stammt aus China und ist eine Mischung aus Gesundheitsbewegung, Kampfsport und Meditation. Sie wird wie Qi Gong in ganz China praktiziert.

Die Bewegungsabläufe von Taiji fordert die gesamte Konzentration des Kindes. Dadurch vergisst es die Dinge um sich herum und der Geist entspannt sich, obwohl er sich mehr konzentriert.

Probleme, Sorgen und Stress existieren für den Moment nicht mehr und die körperliche Fitness verbessert sich.

Wer Geduld sowie Zeit mitbringt und Lust hat, etwas Neues auszuprobieren, sollte Taiji auf jeden Fall einmal mit seinem Kind praktizieren.

Dafür können Sie mit Videos aus dem Internet arbeiten oder einen Kurs besuchen. Es gibt auch zahlreiche Bücher und DVDs zu dem Thema. Suchen Sie einfach einmal im Internet danach.

5. Meditatives Malen

Das meditative Malen ist eine sehr kreative und beruhigende Art der Meditation. Es gibt abhängig vom Alter des Kindes verschiedene Möglichkeiten, mit ihnen meditativ zu malen.

Eine besonders hilfreiche Form, welche für alle Kinder möglich ist, ist das Ausmalen von Mandalas. Das einfache Ausmalen der Bilder ist sehr entspannend für die Kinder und lässt Ängste und Stress verschwinden. Das Malen von Mandalas kann als Möglichkeit der Meditation genutzt werden.

Dies ist eine Methode aus der Kunsttherapie und bei Erwachsenen und Kindern populär, da es die Kreativität fördert und von Problemen ablenkt. Studien beweisen, dass die Mandalakreise besonders beim Entspannen helfen und eine bessere Wirkung haben als die übrigen Motive.

Mandalas gibt es in vielen Varianten, als Bilder oder Zeichnungen oder sie werden aus Sand kreiert und nach der Zeremonie wieder zerstört. Die Mandalas haben viele Muster und Formen und werden häufig mit grellen bunten Farben gemalt.

Mandalas werden in der Kunsttherapie im Rahmen der Meditation eingesetzt und zur Bekämpfung von Depressionen, Senken des Blutdrucks, zum Stressabbau sowie zur Schmerzlinderung eingesetzt. Wenn Sie Mandalas mit Ihrem Kind malen möchten, können Sie Ausmalbücher verwenden. Diese bemalen Sie zusammen mit Ihrem Kind mit Buntstiften. Dafür eignen sich bunte Bleistifte, Filzstifte oder Wachsstifte. Benutzen Sie einfach, was Sie am meisten mögen.

Sie können ein Buch nach den Vorstellungen Ihres Kindes kaufen oder Bilder aus dem Internet herunterladen und ausdrucken.

Schritt 1

Suchen Sie sich online schöne Motive aus oder kaufen Sie ein Ausmalbuch.

Schritt 2

Stellen Sie viele bunte Stifte nach Ihrer Wahl bereit, achten Sie aber darauf, dass sie eine gute Qualität haben. Schlechte Stifte führen zu einem schlechten Ergebnis.

Schritt 3

Stellen Sie eine entspannte ruhige Atmosphäre her, nach Wunsch mit einer schönen Hintergrundmusik. Der Platz, an dem Sie malen, sollte über ein gutes Licht verfügen.

Schritt 4

Lassen Sie der Kreativität freien Lauf. Ihr Kind kann die Farben wählen. Da Schönheit im Auge des Betrachters liegt, ist alles erlaubt.

Schritt 5

Zeigen Sie Ihre Kreationen und hängen Sie diese in Ihrem Zuhause auf.

Das Ausmalen von Mandalas unterstützt die Kinder dabei, mit Emotionen, Stress und Krankheiten umzugehen.

Kinder drücken sich oft durch Farben und Kunst aus, anstatt über ihre Gefühle zu sprechen. Das bietet ihnen Kontrolle und Sicherheit. Zudem sind sie stolz auf ihre Kunstwerke.

Achtsamkeit für Kinder

Schon für die Kleinen hat Stress negative Auswirkungen, sie sind unruhig oder haben sogar depressive Symptome. Rufen Sie sich noch einmal den kleinen Alexander ins Gedächtnis. Er hetzt bereits wie ein Erwachsener von einem Termin zum nächsten und hat fast schon die Freude am Fußballspielen verloren. Normalerweise ist dies sein liebstes Hobby und er hat wahres Talent. Aber heute konnte er sich auch dabei nicht konzentrieren und sein Trainer fragte ihn, was los ist. Darauf konnte Alexander keine Antwort geben, denn er weiß nur, dass er momentan immer müde ist und ihm die Lust an allem fehlt.

Was Achtsamkeit für Kinder bedeutet

Stress beginnt nicht erst im Erwachsenenalter. Bei Kindern kann diese durch den Wechsel einer Kita-Gruppe, viele Hausaufgaben oder Prüfungen, welche für die Abschlussnote relevant sind, ausgelöst werden. Heutzutage fühlen sich mehr und mehr Kinder und Jugendliche im Alltag überfordert und unter Druck gesetzt. Dadurch leidet ihr seelisches und körperliches Wohlbefinden.

Einige Kinder schlafen schlechter, andere bekommen Hautausschlag oder kämpfen gegen Versagensängste. Mit Achtsamkeitsübungen können Kinder lernen, ausgeglichener zu werden, besser auf ihre Bedürfnisse zu achten und auf diese Weise das Druckgefühl reduzieren. Dafür benötigt es nur eine gemütliche Umgebung und ein paar Minuten täglich.

Achtsamkeit kann im Grunde mit Aufmerksamkeit gleichgesetzt werden. Für das, was schon existiert, für die Gegenwart, ohne den

Wunsch nach Veränderung. Dies gestaltet sich aber als schwierig, wenn wir uns nicht gut fühlen. Dann haben unsere Gedanken, die größtenteils negativ sind, ein Eigenleben. Wir sind in der Vergangenheit gefangen oder denken immer wieder an die Zukunft, spielen durch, was uns irgendwann passieren könnte. Im Nachhinein ärgern wir uns darüber, erneut zu viel nachgedacht zu haben.

Es ist ganz natürlich, dass Gefühle und Gedanken kommen und gehen. In das Gedankenkarussel gelangen wir erst, sobald wir uns mit etwas gedanklich nicht beschäftigen wollen oder dies zu sehr bewerten. Es ist oftmals so, dass nicht die tatsächlichen Dinge Emotionen auslösen, sondern was wir darüber denken. Der Stresspegel verringert sich, wenn Sie sich trauen, Unangenehmes zuzulassen, ohne darüber zu grübeln, es zu bewerten und sich davon ablenken zu lassen. In solchen Situationen ist Meditation sehr hilfreich.

Im Kopf von Kindern geht manchmal auch alles drunter und drüber. Das wird durch Leistungsdruck und Stress noch verschlimmert. Nachdenken ist prinzipiell nicht schlecht, es kann sogar Glücksgefühle auslösen, indem wir jemandem eine Freude machen, etwas Neues lernen oder ein Problem lösen.

Welche Situationen können Kinder belasten?

Stress wird meist als unangenehm empfunden, er hat aber auch eine nützliche Seite. Anforderungen und Strukturen, welche einen unterstützen, wichtige Aufgaben zu bewältigen, und einen anspornen, sind erst einmal gut. Negativer Stress entsteht erst, wenn die Anforderungen zu groß sind.

Zu hoher Leistungsanspruch kommt gar nicht immer von den Lehrern oder den Eltern, manche Schüler sind sehr perfektionistisch und haben hohe Erwartungen an sich selbst. Ihre große Motivation kommt aus dem Inneren heraus und so können sie den enormen Leistungsdruck nicht stoppen.

Wachsende Herausforderungen sind nicht das Einzige, was Kinder belastet. Für innere Unruhe können auch Leerläufe oder Langeweile sorgen. Wenn sie nicht wissen, was sie mit ihrer Zeit anfangen sollen, Angst davor haben, etwas nicht gut genug erledigt oder etwas vergessen zu haben, kann dies Stress verursachen. Mit Achtsamkeit lernen sie, besser auf sich selbst zu achten.

Was passiert durch fehlende Achtsamkeit?

Manche Kinder und Jugendliche haben Probleme dabei, sich zu entspannen. Es ist nicht immer gleich erkennbar, ob dies an zu hoher Anspannung liegt. Jedes Kind reagiert unterschiedlich. Symptome können zu großer oder wenig Appetit sein oder auch Bauch- oder Kopfschmerzen. Einige Kinder können durch Stress sogar erschöpfungsdepressiv werden. Die daraus entstehenden Folgen sind so unterschiedlich wie die menschliche Seele. Es gibt nicht das eine, auf alle zutreffende Symptom, das Stress ausdrückt.

Die großen und kleinen Kinder können aber lernen, achtsamer zu sein, bevor sie von der Last überwältigt werden und sich innerlich oder äußerlich Symptome zeigen. Die Kinder können ihre Grenzen und Bedürfnisse besser wahrnehmen und stressresistenter werden. Achtsamkeit ist wie eine Säuberung der Psyche und bringt einem bei, sich selbst für wichtig zu nehmen. Ein wichtiger Effekt ist, sich auf sich selbst zu konzentrieren sowie die Sensibilisierung und Wahrnehmung des eigenen Körpers. Damit wird automatisch mehr Aufmerksamkeit auf den Zusammenhang zwischen Körper und Seele gerichtet.

Hierbei helfen Achtsamkeitsübungen. Sie helfen Kindern dabei, ihre Gedankenwelt zu kontrollieren, ihre Bedürfnisse, Gefühle, Sinne und ihren Körper zu spüren sowie Stress vorbeiziehen zu lassen.

Damit die Kinder zukünftig mit mehr Achtsamkeit durchs Leben gehen können, braucht es Kontinuität und Übung. Je länger das Kind am Ball bleibt, desto mehr Erfolg wird es erzielen. Wenn sie achtsam sind, indem sie beispielsweise Atem- und Körperübungen machen, stellen sie fest, dass sie sich ausgeglichener und wohler fühlen. Langfristig kann dies ihre Leistungen verbessern, ohne dass sie dabei negativen Druck empfinden.

Wie Kinder Achtsamkeit erlernen

Nicht jedem Kind gelingt es, längere Zeit innezuhalten und die Konzentration auf sich selbst zu lenken. Achtsamkeit kann auf unterschiedliche Arten erlebt werden und hängt vom Alter und der Persönlichkeit des Kindes ab und woran es Spaß hat.

Für jüngere Kinder sind spielerische Elemente wichtig. Vorschulkinder können beispielsweise eine Atemübung machen, bei der sie tief einatmen und die Luft dann unterschiedlich wieder auspusten, langsam, schnell, laut oder leise. Auf diese Weise bekommen sie ein Gefühl, wie ihr Körper auf die Atemtechniken reagiert und was er zu leisten imstande ist. Es zeigt ihnen zudem, wobei sie sich wohl fühlen. Je älter die Kinder werden, desto leichter ist es für sie, in sich hineinzuhorchen und sich in Fantasiewelten zu begeben.

Eltern sollten mit ihrem Kind verschiedene Übungen ausprobieren, um herauszufinden, was ihm am besten gefällt. Die Übungen können je nach Alter angepasst werden. Wichtig dabei ist, dass das Kind bei der Entspannung und Achtsamkeit nicht unter Druck gesetzt wird, da es ansonsten Stress ist. Eine entspannte Atmosphäre kann unterstützend wirken, wie angenehmes Licht, ein wohlriechender Duft oder eine warme Umgebung. Die Länge des achtsamen Moments ist individuell. Für Kinder, die in den Kindergarten oder in die Vorschule gehen, ist eine Minute meistens schon ausreichend. Solange das Kind Spaß daran hat, gibt es aber keine Grenzen. Spielerische Übungen werden auch gerne länger mitgemacht. Zudem genießen es die Kinder, Kontakt zur Mutter oder dem Vater zu haben. Damit Achtsamkeit für die Kinder zu einem wichtigen Teil ihres Lebens wird, sollte dieser fest im Alltags- und Familienleben integriert sein. Das kann durch Rituale geschehen, wie ein Tischgebet zu sprechen oder sich an den Händen zu berühren. Eine kleine Achtsamkeitsübung ist auch hervorragend vor den Hausaufgaben geeignet. Dadurch wird der Fokus auf den Beginn der Aufgaben oder das gemeinsame Essen gelenkt.

Die Eltern sollen dabei nicht nur zuschauen, sondern vor- und mitmachen, achtsam zu sein. So haben es die Kinder leichter, ihren eigenen achtsamen Weg zu gehen, auf dem sie stressfreier und ausgeglichener Hürden meistern.

Achtsamkeitsübungen

1. Ein guter Start in den Tag

Eltern können zusammen mit ihren Kindern bereits mit viel Achtsamkeit in den Tag starten. Dafür braucht es nur ein paar Minuten Zeit. Am besten geeignet ist die Übung gleich nach dem Aufwachen, indem Sie einfach mit geöffneten Augen liegenbleiben. Führen Sie mit Ihrem Kind folgende Schritte aus:

1. Ein paar Mal tief ein- und wieder ausatmen.
2. Nun die Augen schließen und auf die Stimmung und den Körper fokussieren, horchen Sie in sich hinein. Das funktioniert am besten, wenn Sie den ganzen Körper von Kopf bis Fuß scannen und wahrnehmen, welche Gedanken Ihnen kommen und wie der Körper sich anfühlt.
3. Die Betonung liegt hier auf Wahrnehmen. Bei dieser Achtsamkeitsübung und Kurzmeditation geht es darum, sich anzugewöhnen, nicht bei einem Gedanken oder Gefühl zu verharren, sondern Unangenehmes vorbeiziehen zu lassen, ohne dass Sie sich wütend dagegen wehren. Das erlernen Sie dadurch, dass Sie registrieren, wie Sie verharren und Ihre Aufmerksamkeit wieder auf die Atmung oder das nächste Körperteil lenken. Dabei kann es helfen, sich selbst zu sagen, dass dies ein Gedanke ist, der Sie beschäftigt.

Natürlich erfordert Meditation etwas Übung, aber das Durchhalten lohnt sich. Diese Achtsamkeitsübung leert den Kopf und wirkt in angespannten Situationen beruhigend.
Für den Anfang eignen sich geführte Meditationen besonders gut.

2. Die alltäglichen Dinge schätzen

Kinder können immer Achtsamkeitsübungen durchführen, egal ob am Frühstückstisch, beim Warten auf den Bus, auf dem Schulweg oder beim Zähneputzen. Sie sollen sich darauf konzentrieren, wie sich die Bewegungen der Zahnbürste im Mund anfühlen, ob die Zahnpasta warm oder kalt ist und welche Geräusche sie macht.

Das Geheimnis für mehr Achtsamkeit ist die Konzentration komplett auf nur eine Sache zu richten. Das Gehirn schaltet alles um uns herum ab und fokussiert sich. Das tut gut.

1. Beim Essen ist dies eine besonders tolle Erfahrung. Viel zu oft stopfen wir schnell alles in uns hinein, ohne das Essen zu genießen. Probieren Sie mit Ihrem Kind einmal aus, sehr langsam zu essen und dabei genau den Geschmack, das Empfinden und was Sie spüren zu beschreiben.
2. Schulweg oder Spaziergang: Was ist es für ein Gefühl unter den Füßen auf dem Weg zu gehen? Wie viele Schritte machen Sie pro Atemzug? Wie verhalten sich Ihre Arme beim Gehen? Alternativ können Sie Ihren Fokus auch auf die Umgebung richten und nach merkwürdigen oder schönen Dingen Ausschau halten. Sie entdecken bestimmt kleine Details, die Sie zuvor noch nie wahrgenommen haben. Auch bei dieser Übung gilt: Fühlen, lauschen, riechen.

Bei dieser Achtsamkeitsübung kann es helfen, innerlich zu formulieren, was Sie gerade entdeckt haben oder sich vorstellen, dass die Augen Auslöser einer Kamera sind und Sie Fotos von den tollsten Eindrücken machen.

3. Steinmeditation

Vielleicht empfinden Sie, dass Steinmeditation nach Hokuspokus klingt. Die Übung ist allerdings gar nicht so verrückt, wie sie sich vielleicht anhört. Viele Menschen haben das Steinesammeln als großes Hobby, egal ob Kinder oder Erwachsene. Diese Übung macht sich dies zunutze.

Beim nächsten Spaziergang sammeln Sie Steine in verschiedenen Farben, Größen und Formen. Wenn die Kinder wieder zu Hause sind, dürfen sie sich einen Stein aussuchen, an einen gemütlichen und ruhigen Platz gehen und den Stein mit sämtlichen Sinnen untersuchen. Wie ist der Stein gefärbt, wie ist seine Oberfläche beschaffen und wie fühlt er sich an? Was für einen Geruch strahlt der Stein aus? Was für Klänge kann das Kind mit ihm erzielen? Am besten schließt das Kind zwischendurch die Augen, weil dies die übrigen Sinne schärft. Als nächstes können die Kinder sich eine Geschichte ausdenken, die sich um den Stein dreht. Wo kommt er her? Was hat er schon erlebt? Damit starten sie auf eine Fantasiereise.

Die Steinmeditation eignet sich als Achtsamkeitsübung hervorragend für Kinder, weil diese sehr greifbar ist. Sie können sich auf einen Gegenstand fokussieren. Diese Übung können Eltern und Kinder gemeinsam machen, was ideal für Achtsamkeitsanfänger ist.

4. Atmen!

Bei Achtsamkeitsübungen wird gerne der eigene Atem mit einbezogen. Er durchfließt uns und ist immer vorhanden.

Bei einer Atemübung wird der Verlauf des Atems beachtet, wie er durch Ihren Körper fließt. Sie spüren, wie er durch die Nasenlöcher strömt, wie sich der Brustkorb weitet und die Bauchdecke sich wölbt. Es ist dabei nicht wichtig, sehr tief zu atmen. Der Atem soll ganz natürlich erfolgen. Sie beobachten ihn nur und verändern ihn nicht. Eltern und Kinder sollten sich mindestens fünf Minuten für die Achtsamkeitsübung nehmen. Wenn Sie mögen, können Sie diese auch länger machen. Beim Loslassen ist ein Wecker hilfreich, sodass Sie nicht ständig auf die Uhr schauen.

Bei dieser Übung sollten sich Eltern und Kinder komplett entspannen, ohne dass es zu Störungen kommt. Das Kind kann einen „Bitte nicht stören" Zettel an seine Tür hängen oder woanders einen ungestörten Ort suchen, an dem es allein sein kann.

5. Tagebuch führen

Kinder können in einem Tagebuch die Augenblicke aufschreiben, bei denen sie sich ganz auf den Moment konzentriert haben, beispielsweise beim Toben, beim Baden oder beim Spaziergang. Dies kann als ganzer Text oder als Stichpunkte geschehen. Je öfter sie diese Gedanken aufschreiben, desto mehr wird das Bewusstsein und die Aufmerksamkeit trainiert.

Das Tagebuchschreiben eignet sich auch hervorragend als Einschlafritual, da es die Bildung positiver Gedanken fördert.

Jedes Kind ist individuell, auch beim Lernen

Ihr Kind ist dieses Jahr viel schlechter in Mathe, als es dies noch im letzten Jahr war. Sie fragen sich, woran das liegen kann, da Sie nicht das Gefühl haben, dass es weniger lernt. Kann der neue Lehrer der Grund sein? Gibt es vielleicht Probleme mit ihm? Allerdings hat die Nachbarin, deren Tochter mit Ihrem Kind in die Schule geht, erzählt, dass diese sich enorm verbessert hat. Sie haben vor einiger Zeit etwas von unterschiedlichen Lerntypen gehört und genau dort kann der Schlüssel liegen. Denn wenn das Kind weiß, welcher Lerntyp es ist, kann es sich das Lernen viel einfacher machen.

Was ist ein Lerntyp?

Der deutsche Systemforscher Frederic Vester hat den Begriff „Lerntyp" maßgeblich geprägt. Allerdings ist nach heutigen Erkenntnissen sein ursprünglicher wissenschaftlicher Ansatz nicht mehr ganz zutreffend. Der Begriff wurde dennoch oft genutzt und beschreibt ein Vorgang, den wohl fast jeder kennt: Je nachdem auf welche Weise Informationen aufgebaut werden, können einige Menschen sie leicht verstehen, während andere sich damit schwertun. Manche Menschen empfinden einen zweistündigen Vortrag als eine Tortur, für andere wiederum ist es die ideale Methode, um Informationen über ein Thema zu bekommen. Wenn bei Ihrem Kind demnach eine Prüfung ansteht, sollte erst einmal der Lerntyp bestimmt werden, damit es Ihrem Kind leichter fällt zu lernen. Es werden vier Lerntypen unterschieden. Für diese gibt es jeweils eigene Methoden zur Unterstützung des Lernerfolgs.

Visueller Lerntyp – Sehen und verstehen

Der visuelle Lerntyp lernt, wie der Name bereits aussagt, vorrangig durch die visuelle Wahrnehmung. Personen, welche diesem Lerntyp angehören, nehmen in der Regel Informationen besonders gut beim Lesen auf. Für den visuellen Lerntyp sind aber auch Diagramme, Filme, Schaubilder und Skizzen geeignete Medien.

Visuelle Lerntypen können sich kleine Informationshappen, wie es bei Definitionen von Begriffen oder Vokabeln der Fall ist, gut über Karteikarten aneignen. Hier sind die Informationen kompakt zusammengezogen und Personen dieses Lerntyps können diese meist auf einen Blick erfassen.

Auditiver Lerntyp – Gesprochenes Wort ist am wichtigsten

Beim auditiven Lerntyp sind Gespräche, Tonaufnahmen und Vorträge die besten Mittel zum Lernen. Der auditive Typ kommt gut mit dem Frontalunterricht in der Schule zurecht. Beim Lesen macht es oft mehr Sinn, den Text laut zu lesen, als nur still über den Büchern zu sitzen. Auf diese Weise verwandelt sich das visuelle Medium in ein auditives. Für Personen, die dem auditiven Lerntyp angehören, ist zudem allgemein eine ziemlich ruhige Lernumgebung von Vorteil oder sogar nötig. Diese Gruppe lässt sich leicht durch Geräusche, Musik oder anderes ablenken, sodass nicht mehr gelernt wird.

Motorischer Lerntyp - Lernt durch Praxis

Die Personen, die zum motorischen Lerntyp gehören, zeichnen sich durch Ausprobieren, Anfassen und einfach mal Machen aus. Auf diese Personen trifft die Redewendung „learning by doing" komplett zu, dies beschränkt sich aber nicht auf rein physische Aktivitäten. Beim motorischen Typ ist vorrangig wichtig, die Dinge anzuwenden. Beim Sprache erlernen bedeutet dies beispielsweise, dass sie sich regelmäßig mit einem Muttersprachler austauschen oder sich auf einer Reise in ein anderes Land in der Fremdsprache unterhalten. Zu den erfolgsversprechenden Lernmethoden des motorischen Typs gehören auch Gruppenaktivitäten, praktische Anwendungsbeispiele und Rollenspiele.

Wenn sich der motorische Lerntyp das Wissen auf eine andere Weise aneignen muss, beispielsweise aus einem Buch, kann Bewegung dabei unterstützen, einen besseren Lernerfolg zu erreichen. Dies klingt vielleicht eigenartig, aber dadurch werden die Informationen für den motorischen Typ greifbarer und er kann sie sich besser merken.

Kommunikativer Lerntyp – Reden ist Gold

Der kommunikative Lerntyp kann am besten beim Austausch mit anderen lernen. Für ihn sind daher Diskussionsrunden, Gespräche und Lerngruppen am geeignetsten. Dabei ist nicht das Medium an sich entscheidend, sondern mit anderen zu agieren, was für Anregung des Geistes des kommunikativen Lerntyps sorgt.

Wenn es sich um trockenen Lernstoff handelt, ist es hilfreich, zusammen mit jemand anderen zu lernen, mit dem man sich austauschen kann. Bei schwierigen Themen kann der Partner zudem unterstützen und den Stoff mit eigenen Worten erklären. Das beschleunigt den Lernerfolg meistens deutlich.

Kritik am Modell der Lerntypen

Wie bereits erwähnt, wird das ursprünglich von Frederic Vester entwickelte Lerntyp-Modell inzwischen nicht mehr genutzt. Dies liegt hauptsächlich an der starren Einteilung, welche Vester vorgenommen hatte. Er war der Meinung, dass jeder einem bestimmten Lerntyp angehört, sodass genau eine Methode vorhanden ist, um Informationen möglichst erfolgreich aufzunehmen.

Inzwischen ist aber bekannt, dass diese Ansicht nicht stimmt, denn fast alle Menschen gehören vielmehr zwei, drei oder auch sämtlichen Lerntypen an. Nur die Vorlieben sind unterschiedlich, sodass manche mit visuellen Medien erfolgreicher lernen und andere Diskussionsrunden, Gespräche oder Vorträge bevorzugen.

Versuchen Sie demnach nicht krampfhaft, Ihr Kind in einen der vier Lerntypen einzuordnen, sondern schauen Sie lieber zusammen mit Ihrem Kind, wo seine Vorlieben liegen und womit es nicht so gut zurechtkommt. Sie können gerne ein wenig ausprobieren und Ansätze kombinieren, vielleicht ist Ihr Kind ein auditiver und visueller Typ, sodass es sehr gut mit Lehrvideos lernen kann. Oder es ist mehr der motorisch-kommunikative Lerntyp und probiert liebend gerne in einer Gruppe etwas aus.

Fazit

Das Lernen ist ein Teil des Lebens und es kann für Ihr Kind viel leichter sein, wenn es seinen Lerntypen kennt. Ordnen Sie Ihr Kind nicht zu schnell ein und probieren Sie zusammen aus, was am besten für Ihr Kind funktioniert. Am Anfang bedeutet das vielleicht ein wenig mehr Aufwand für das Kind, als klassisch zu lernen, auf längere Sicht macht es sich aber bezahlt. Das Lernen wird für das Kind nicht nur einfacher, es wird die Informationen auch schneller begreifen und sich deutlich besser merken.

Welcher Lerntyp ist mein Kind?

Um Ihr Kind optimal zu fördern und mit ihm ideal lernen zu können, ist es wichtig, zuerst herauszufinden, zu welchem Lerntyp es gehört. Hierzu können Sie den folgenden Test nutzen. Lassen Sie Ihr Kind einfach das Zutreffende ankreuzen und werten Sie danach zusammen die Antworten aus.

In meiner Freizeit

- ☐ A lese ich ein Buch oder verbringe meine Zeit vor dem Fernseher.
- ☐ B bastle ich etwas oder fahre mit dem Fahrrad durch die Gegend.
- ☐ C höre ich CDs mit Geschichten oder Liedern an.

An meinen Freunden gefällt mir

- ☐ C die Art des Sprechens.
- ☐ B mit ihnen zu toben.
- ☐ A der gleiche Modegeschmack.

Die Konzentration in der Schule gelingt mir am besten,

- ☐ B wenn viel passiert, wir in der Gruppe arbeiten und wir uns sehr viel bewegen können.
- ☐ C wenn eine CD abgespielt oder etwas vorgelesen wird.
- ☐ A wenn etwas ausführlich an die Tafel notiert wird, was ich abschreiben kann.

Meine Kleidung

- ☐ C soll sehr bunt sein.
- ☐ A soll nicht schmutzig werden.
- ☐ B interessiert mich nicht, sie soll einfach bequem sein.

In einem Streit

- ☐ C kommt es vor, dass ich sehr laut rede.
- ☐ B probiere ich, alle abzulenken oder zu beruhigen.
- ☐ A möchte ich wissen, wer Unrecht und Recht hat.

Ein neues Spiel

- ☐ C lasse ich mir erst genau erklären.
- ☐ A nehme ich sauber aus der Verpackung, räume diese beiseite und lese mir die Anleitung durch.
- ☐ B packe ich so schnell wie möglich aus und probiere es gleich aus.

Lange Zeit stillsitzen

- ☐ B gelingt mir nicht. Ich muss auf die Toilette oder werde unruhig.
- ☐ A kann ich gut, dabei beobachte ich gerne alles um mich herum.
- ☐ C nutze ich häufig, um Selbstgespräche zu führen.

Bei einer spannenden Geschichte

☐ B werde ich ganz aufgeregt oder bekomme eine Gänsehaut.

☐ C merke ich mir den Ablauf der Geschichte ganz genau.

☐ A stelle ich mir vor, wie die Helden aussehen.

In meinem Zimmer

☐ A halte ich mich am liebsten auf, wenn es sauber ist.

☐ B stören mich einige Geräusche schnell.

☐ C spiele ich da, wo es mir gerade gefällt.

Auf dem Spielplatz

☐ A sehe ich den übrigen Kindern gerne beim Spielen zu.

☐ B halte ich mich am liebsten auf den Klettergerüsten auf.

☐ C sollten die anderen Kinder leiser sein.

Wenn ich lernen muss,

☐ C unterhalte ich mich häufig mit mir selbst.

☐ B schaukle ich auf dem Sessel oder rutsche darauf herum, spiele mit dem Füller.

☐ A unterstreiche ich wichtige Dinge mit einem farbigen Stift oder schaue mir Bilder in den Büchern an.

Zu meinen Lieblingstätigkeiten gehören

☐ A zeichnen, wobei ich sehr genau bin.

☐ C Songs mitzusingen oder einfach so laut zu singen.

☐ B Filme mit reichlich Abenteuer und Action anzuschauen.

Wenn ich mir von folgenden Spielen eines aussuchen müsste, dann

☐ C einen sprechenden Computer oder eine sprechende Puppe .

☐ B Lego oder einen Baukastensatz.

☐ A ein Puzzle oder ein Memory.

Wenn ich neu in der Klasse bin,

- ☐ B gehe ich offen auf fremde Kinder zu und schlage mit ihnen zur Begrüßung ein.
- ☐ A halte ich erst einmal Abstand und beobachte die anderen Kinder ganz genau.
- ☐ C finde ich gleich jemanden für eine Unterhaltung.

Am Abend vor dem zu Bett gehen

- ☐ C lasse ich mir gerne eine Geschichte erzählen.
- ☐ B kuschle ich noch ein bisschen mit meinem Vater oder meiner Mutter.
- ☐ A lese ich noch ein bisschen.

Das Kind zählt nun zusammen, wie häufig es die einzelnen Buchstaben angekreuzt hat:

A = ... mal

B = ... mal

C = ... mal

Wenn A am meisten angekreuzt wurde, gehört Ihr Kind zum „visuellen Lerntyp". Das heißt, dass es am besten durch Betrachten, Anschauen und Lesen lernen kann.

Wenn B am häufigsten angekreuzt wurde, ist Ihr Kind ein auditiver Lerntyp. Ihr Kind lernt am leichtesten durch Sprechen und Hören.

Wenn Ihr Kind C am meisten angekreuzt hat, muss sich Ihr Kind immer bewegen, um effektiv zu lernen. Es gehört zur Kategorie des motorischen Lerntyps.

Tipps und Übungen für die unterschiedlichen Lerntypen

Anne hat gerade Physikunterricht. Ihr ist ziemlich langweilig, weil sie Physik nicht sehr mag. Sie kommt mit den fremden Begriffen und den ganzen Formeln nicht zurecht. Anne mag lieber Musik oder Kunst, aber sicher nicht Physik. Ihr Lehrer ist gerade dabei, seine Erklärung zu unterschiedlichen Energietypen zu wiederholen. Bewegungsenergie, potentielle Energie, aber Anne kann sich unter all dem nichts vorstellen. Auf einmal springt ihr Lehrer auf eine der vorderen Tischreihen und ruft: „Dies ist potentielle Energie! Aufgrund dessen, dass ich hier oben bin, habe ich ein energetisches Potential aufgebaut!“ Die Schüler sind sehr überrascht und starren ihren Lehrer an. „Und nun“, ruft ihr Lehrer, „gebe ich die Energie frei!“ – daraufhin springt er vom Tisch. Er landet mit einem dumpfen Geräusch auf dem Boden. Die Energie, welche sich beim Landen auf den Boden auswirkte, musste zunächst aufgebaut werden. Dies geschah durch das Steigen auf den Tisch. Das hat Anne verstanden und durch dieses Beispiel wird sie es sicher nicht so schnell wieder vergessen.

Tipps zum Lernen für den auditiven Lerntyp

Wenn Ihr Kind zum auditiven Lerntyp gehört, sollten Sie beim Lernen mit ihm folgende Tipps ausprobieren:

1. Was im Stillen gelesen wird, lässt sich nicht so gut merken. Ihr Kind sollte sich daher die Texte selbst laut vorlesen. Wenn der auditive Lerntyp Vokabeln lernt, ergeben sich häufig durch die Aussprache Eselsbrücken.

2. Mündliche Aufgaben werden Ihrem Kind liegen. Es sollte daher versuchen, die Hausaufgaben in einen Vortrag zu formulieren. Den kann es dann den Eltern oder vor dem Spiegel halten. So hört das Kind selbst, wo es eventuell noch Fehler gemacht hat.
3. Viele auditive Lerntypen werden dadurch unterstützt, dass sie beim Lernen Selbstgespräche führen. Sie können sich eine Aufgabe erklären oder ein Lied trällern, das sie sich zum Lernstoff ausgedacht haben.
4. Wenn Ihr Kind einen Kassettenrekorder oder am Computer ein Mikrofon hat, kann es eine eigene Lernkassette oder alternativ eine MP3 aufnehmen. Auf diese Weise kann es sich ein Thema selbst erklären.
5. Beim Lernen sollten Sie immer darauf achten, dass Ihr Kind eine angenehme Geräuschkulisse hat. Auditive Lerntypen sind anfälliger für störende Geräusche. Es sollte daher am besten ruhig sein und keine Musik beim Lernen spielen. Diese kann das Kind leicht ablenken.

Tipps zum Lernen für den visuellen Lerntyp

Wenn Ihr Kind ein visueller Lerntyp ist, sollten Sie zusammen mit ihm folgende Tipps probieren:

1. Im Unterricht sollte das Kind möglichst viel mitschreiben. Auf diese Weise kann es die Erklärungen des Lehrers, die nicht sofort hängen geblieben sind, noch einmal in Ruhe zu Hause durchlesen.
2. Das Kind sollte Diagramme, Mind-Maps und Skizzen malen und so den Stoff in Bildern festhalten. Diese sind für den visuellen Lerntypen leichter verständlich und die Zusammenhänge ergeben sich viel leichter.

3. Suchen Sie in Lehrbüchern oder zusammen im Internet Bilder oder andere Veranschaulichungen zu dem Thema. Es gibt zu fast jedem Lernstoff Bilder im Internet. Wenn Ihr Kind den Stoff mit einem Bild verknüpft, wird es sich die Zusammenhänge leichter merken können.
4. Zum Lernen eignen sich Karteikarten besonders gut. Am besten steht auf einer Karte jeweils nur eine Vokabel. Visuelle Lerntypen achten auch auf Eigenschaften einer Karte, beispielsweise ein Fleck oder ein Eselsohr. Sie verbinden diese mit der Vokabel und können sich auf diese Weise besser daran erinnern.
5. Das Kind sollte sich den Stoff mit eigenen Worten aufschreiben. Dem visuellen Lerntyp hilft lesen und schreiben. Es sollte versuchen, den Text in eigenen Worten neu aufzuschreiben. Das geschriebene Wort bleibt leichter im Gedächtnis als das gelesene.
6. Das Kind kann mit gebastelten Postern, auf denen es den Lernstoff zusammenfasst, sein Zimmer verschönern. Diese sollten an den Stellen aufgehängt werden, an denen es besonders oft ist, beispielsweise im Badezimmer oder im Bett. Auf diese Weise wird es immer damit konfrontiert und es lernt quasi nebenbei.

Tipps zum Lernen für den motorischen Lerntyp

Wenn Ihr Kind zum motorischen Lerntyp gehört, sollten Sie beim Lernen zusammen folgende Tipps ausprobieren:

1. Versuchen Sie Ihrem Kind Lernmaterialien zu besorgen, welche es anfassen kann. Dazu gehören Experimentierkästen, Modelle oder Scrabble-Steine, womit Grammatik, Rechtschreibung und Vokabeln gelernt werden können.

2. Das Kind sollte zusammen in einer Gruppe lernen. Es kann seine Freunde einladen und zusammen können sie sich anschauliches Lernmaterial bauen oder basteln. In Rollenspielen können sie verschiedene Aufgaben durchspielen, die es zu lösen gilt.
3. Spielen Sie mit dem Stoff. Versuchen Sie so viele Dinge wie möglich aus der Schule in die Freizeit einzubauen. Das Kind kann beispielsweise Dinge ertasten und sich merken, wie sie sich anfühlen und was es ist. Diese Aspekte werden verknüpft und können so zusammen abgerufen werden.
4. Das Kind sollte sich beim Lernen bewegen. Es kann im Zimmer auf- und ablaufen, den Lernstoff wiederholen und ihn durch Mimik und Gestik ergänzen. Die Hände sollten beschäftigt werden, beispielsweise dadurch, dass ein Stift zwischen den Fingern gedreht oder mit einem Ball gespielt wird.

Tipps zum Lernen für den kommunikativen Lerntyp

Wenn Ihr Kind ein kommunikativer Lerntyp ist, sollten Sie zusammen mit Ihrem Kind beim Lernen folgende Tipps ausprobieren:

1. Es sollte, wenn möglich, nicht alleine lernen. Es kann mit Geschwistern und Eltern lernen oder Freunde einladen. Das Kind erklärt dann das Problem und es wird im Gespräch versucht, Lösungen zu finden.
2. Spielen Sie zusammen Rollenspiele, beispielsweise ein Interview, in dem Sie über einen gewissen Lernstoff sprechen. Probieren Sie das Thema möglichst umfassend zu besprechen.

3. Das Kind sollte mit Freunden über die Hausaufgaben sprechen, bevor es diese anfertigt. Sie können darüber diskutieren und versuchen diese besser zu verstehen, bevor es anfängt, diese zu lösen.
4. Spielen Sie ein Quiz! Lernen kann auch Spaß machen. Denken Sie sich Fragen aus und schreiben Sie diese auf Karten. Anschließend spielt das Kind mit seinen Freunden „Wer wird Millionär?“. Denken Sie sich einen kleinen Gewinn aus. Sie werden merken, dass es ziemlich lustig sein kann, auf diese Art zu lernen.

Mehr Leistung und Wohlergehen dank Kinesiologie

Sie schauen in das Zimmer Ihrer Tochter und sie sitzt scheinbar konzentriert über den Büchern. Morgen schreibt sie eine Mathearbeit, welche unbedingt besser werden muss als die letzte. Sie hatten befürchtet, dass Ihre Tochter die Schule nicht mehr als wichtig erachtet. Doch Sie wissen immer noch nicht, was der Grund für die schlechteren Leistungen in der Schule ist. Sie scheint beim Lernen irgendwie blockiert zu sein.

Wenn der Energiefluss blockiert ist, löst dies körperliche Beschwerden, Lernschwierigkeiten, psychische Probleme etc. aus, jedenfalls nach theoretischem Ansatz.

Die angewandte Kinesiologie ist ein Diagnose- und Behandlungskonzept der Alternativmedizin und handelt auf der Grundlage, dass sich gesundheitliche Probleme in Schwächen gewisser Muskelgruppen widerspiegeln und diese Muskelspannung daher eine Rückmeldung geben kann, in welchem funktionellen Zustand sich der Körper befindet. Es gibt allerdings keinen Nachweis darüber, ob diese Art der Diagnose und Körpertherapie wirksam ist.

Was ist Kinesiologie?

Unter Kinesiologie wird im weitesten Sinn eine Wissenschaft der Bewegung des Menschen verstanden. Der Begriff ist aus den zwei griechischen Wörtern kìnesis, was für Bewegung steht, und lògia, was für Lehre steht, zusammengesetzt. Darunter werden alle Aktivitäten wie Arbeit, Kommunikation, Lernen, Spiel, Sport und Tanz verstanden. Angewandte Kinesiologie befasst sich demnach mit den Muskeln.

Kinesiologie sorgt dafür, dass wir besser mit uns kommunizieren, da alle physischen Funktionen immer wieder durch Bewegung aktiviert werden. Mit kinesiologischen Balancen können in nahezu allen Lebensbereichen die Leistungen gesteigert werden, sie motivieren den Selbstheilungsreflex des Körpers, führen zu einem besseren Umgang jeglicher Art von Stress und verhelfen zu einem koordinierten, ganzheitlichen sowie kreativen Lernen.

Kinesiologie steht nicht nur für eine Lehre, sondern ist mehr eine Technik und ein Werkzeug, was nahezu sämtliche Lebensbereiche auf beste Weise unterstützt. Auf diese Weise verhilft sie uns, unsere Energien zielgerichtet und ökonomisch einzusetzen. Es ist weder eine lebenslange Therapieform, noch muss sie eine Lebensaufgabe werden. Sie kann aber eine kleine tägliche Übung sein, welche für genügend Energie sorgt, um unserem Alltag stressfreier zu begegnen und das Leben zu genießen.

Die Grundlagen der Kinesiologie wurden zu Beginn der 60er Jahre entwickelt. Es ist somit noch eine junge Disziplin, aber im Laufe der Jahrzehnte wurden schon einige Schulen gegründet.

Die wichtigsten Schulen

1. Angewandte Kinesiologie: Diese geht davon aus, dass der Mensch gesund ist, sofern sein chemischer, emotionaler und struktureller Bereich gleichermaßen ausgeprägt ist.
2. Edu: Sie fördert naturgegebene Bewegungsmuster zur optimalen Nutzung des Energieflusses im Körper.
3. Hyperton X (HAT-X): Diese Art der Kinesiologie entstand Ende der 70er Jahre. Bei ihm steht die Körperarbeit im Mittelpunkt und wurde einst für Sportler erarbeitet. HAT-X kann leicht erlernt werden und entspannt die gesamte Körpermuskulatur.
4. Klinische Kinesiologie: Diese wurde von Dr. Allen Beardall gegründet. Er entwickelte die „Fingermodi", welche auch Mudras genannt werden. Mit gewissen Fingerstellungen und -bewegungen können Störungen in den Energiebalancen beseitigt werden.
5. Physioenergetik: Dies ist eine Weiterentwicklung der „Angewandten Kinesiologie" von dem ausgebildeten Diplom-Osteopathen und Physiotherapeuten Raffael von Asche. Das diagnostische Instrumentarium wird hierbei um den sogenannten „Armlängenreflex" ergänzt.
6. Touch for health (auf Deutsch: „Gesund durch Berührung"): Dies bezeichnet eine Methode, bei der die natürlichen Lebensenergien des seelischen und körperlichen Gleichgewichts aktiviert werden.
7. Behaviorale (=Verhaltens-) Kinesiologie: Hierbei wird demokratische Medizin praktiziert. Es bestimmen nicht ein Lehrbuch oder ein Arzt, wie behandelt werden sollte, sondern nur der Körper des Patienten. Wenn der Arzt das Richtige tut, teilt dies der Körper mit. Die Behandlung wird durch die Reaktion des Patienten bestimmt.

Was bringt Kinesiologie?

Wenn der Energiefluss im Körper blockiert ist, führt dies zu körperlichen Beschwerden, Lernschwierigkeiten, psychischen Problemen etc. und die Lebensenergie ist geschwächt. Mit dem Muskeltest können die Blockaden aufgespürt sowie die optimalen Korrekturmöglichkeiten gefunden werden. Das liegt daran, dass über den Muskeltest direkt mit dem Körper kommuniziert wird. Die Kinesiologie ist der Meinung, dass der Körper am besten weiß, was ihn schwächt bzw. stärkt. Mit wirkungsvollen Korrekturen und gezielten Übungen fließt die Energie wieder. Dadurch lösen sich Blockaden und die Selbstheilkräfte aktivieren sich.

Wenn der Körper eine Blockade hat, können folgende Verhaltensauffälligkeiten und Probleme auftreten:

1. Aggressionen
2. Allergien
3. Angst
4. Beeinträchtigungen der körperlichen Gesundheit
5. Bettnässen und Schlafstörungen
6. Lernblockaden
7. Lernschwächen (Lese- oder Rechtschreibschwäche, Dyskalkulie)
8. Müdigkeit
9. Nahrungsunverträglichkeiten
10. Schmerzen
11. Sprachentwicklungsverzögerungen
12. Stress

u.v.a.

Wenn Kinder auf einmal Verhaltensauffälligkeiten zeigen und es zu Problemen in der Schule kommt, wissen viele Eltern nicht mehr weiter. Es kann sein, dass das Kind einfach nur eine Blockade hat, es diese aber selbst nicht lösen kann. Dann benötigen Sie die Hilfe von Spezialisten. An der Behandlung beteiligt sich das Kind jedoch aktiv. Diese Art der Therapie bieten sowohl Ärzte als auch Heilpraktiker an. Die Kosten werden aber normalerweise nicht von den Krankenkassen übernommen, da es sich um ein Verfahren handelt, das in der Medizin nicht anerkannt ist.

Eine Blockade tritt laut Kinesiologie zwischen der linken sowie der rechten Gehirnhälfte auf. Es soll eine Lockerung erreicht werden, wodurch das Gehirn wieder richtig arbeiten kann. Das Kind kann danach wieder besser lernen.

Wann Kinesiologie bei Kindern angewandt wird

Kinesiologie kann helfen, wenn bei Ihrem Kind plötzlich Probleme beim Schreiben, Lesen oder Lernen auftreten.

1. Wenn bei Ihrem Kind unerwartet Aggressionen auftreten oder es sich schwertut, normal zu sprechen, kann eine Blockade der Grund dafür sein. Von einer solchen wird in der Kinesiologie gesprochen, wenn die rechte und linke Gehirnhälfte nicht mehr ordentlich zusammenarbeiten.
2. Dies kann auch an Alpträumen, Ängsten, Bettnässen, Schlafstörungen oder Stresssymptomen liegen. Diese werden häufig von einem zu hohen Leistungsdruck ausgelöst oder dadurch, dass die Eltern die Gefühle des Kindes ignorieren.
3. Kinesiologie versucht, diese Probleme mit Übungen zu lösen. Zudem verbessert sie muskuläre Dysbalancen. Zuallererst wird allerdings mit dem Kind gesprochen. Dies ist ab einem Alter von fünf oder sechs Jahren sinnvoll, wenn es sich selbstständig äußern kann.

Ablauf einer Behandlung - Blockaden lösen und Muskeltest

1. Zunächst wird mit dem Kind ein Gespräch geführt. Das funktioniert nicht gleich, da das Kind einige Zeit braucht, um von seinen Problemen zu erzählen. Ein professioneller und geduldiger Kinesiologe kann allerdings jedes Kind zum Sprechen bringen.

2. Für Kinder ist es oftmals schwer, über Probleme zu sprechen, da sie die Welt anders wahrnehmen als ihre Eltern. Wenn die Eltern die Konflikte ihrer Kinder nicht als solche einschätzen, glaubt das Kind, dass etwas mit ihm nicht stimmt. Es nimmt von seinen Gefühlen Abstand.
3. Die Kinesiologie versucht, Lernblockaden im Gehirn anhand von Bewegung zu lösen. Dabei werden unterschiedliche Übungen gezielt ausgeführt. Das Ziel ist, dass die rechte und linke Gehirnhälfte wieder richtig zusammenarbeiten.
4. Bevor mit den Übungen angefangen wird, erfolgt ein Muskeltest. Hierbei werden einzelne Muskeln leicht gedrückt, um festzustellen, ob sie bewegt werden können. Wenn dies der Fall ist, liegt eine Blockade vor, da der Muskel ansonsten Widerstand leisten würde.
5. Wenn eine Blockade vorliegt, wird mit unterschiedlichen Methoden wie Streicheln der Meridiane, Akupressur usw. gearbeitet. Welche Techniken angewendet werden, ist vom Problem abhängig.

Kinder haben heutzutage immer größeren Leistungsdruck

Die Folgen von Leistungsdruck sind Aggressionen, Lernschwierigkeiten, Versagensängste und Verweigerung, sodass der Schulalltag mit Hausaufgaben für Eltern und Kinder häufig zur Nervenprobe wird. Lernen ist eigentlich eine angeborene Fähigkeit, welche so natürlich wie Atmen, Essen oder Schlafen ist. Kinder sind daher immer auf der Suche nach neuen Herausforderungen. Sie wollen Fragen stellen, klettern, lesen, spielen, toben und dadurch immer neue Erfahrungen machen, Fähigkeiten trainieren und die Welt verstehen. Trotzdem ist bei vielen Familien das Thema Schule und Lernen ein Problem.

Vielleicht kennen Sie das auch, dass Ihr Kind unkonzentriert und lustlos vor den Hausaufgaben sitzt und immer öfter schlechte Noten nach Hause bringt. Das hat aber nichts mit mangelnder Intelligenz oder Faulheit zu tun, sondern liegt an Lernblockaden im Gehirn, welche das Kind selbst nicht auflösen kann. So gelangen Kinder, welche Lernschwierigkeiten haben, immer mehr in eine Abwärtsspirale aus Angst, Frust und wiederkehrenden schlechten Erfahrungen.

Lernblockaden erkennen

Wenn Sie herausfinden möchten, ob Ihr Kind eine Lernblockade hat oder vielleicht noch das Verständnis für den Stoff fehlt, beobachten Sie eine Zeit lang, ob die Leistungen Ihres Kindes durch Üben verbessert werden können. Echte Lernblockaden, welche durch Stress ausgelöst wurden, können durch Lernen nicht aufgelöst werden. Wenn dies der Fall ist, erfahren Sie im Folgenden, wie diese Blockaden mit leicht zu erlernenden Kinesiologieübungen abgebaut und zudem die Fähigkeiten Ihres Kindes gefördert werden können.

• Tipp •

Haben Sie auch immer die Fähigkeiten Ihres Kindes im Blick und vermitteln Sie ihm, dass Sie stolz sind. So unterstützen Sie Ihr Kind, Selbstvertrauen aufzubauen und wieder mit Spaß zu lernen.

Stress führt zu Blockaden im Gehirn

Stress ist die Hauptursache für Energieblockaden, der auch die Kinder ereilt. „Ich bin müde“, „Ich will das nicht“, „Das sind gar nicht unsere Hausaufgaben“ sind Sätze, welche anzeigen, dass Ihr Kind sich überfordert fühlt und unter Stress steht. In der Folge schalten sich gewisse Bereiche im Gehirn ab, was dazu führt, dass die beiden Gehirnhälften nicht mehr in der Lage sind, optimal zusammenzuarbeiten. Das führt zu Konzentrations-, Lese-, Rechen- und Schreibstörungen. Ihr Kind wird lustlos und quengelig, die Hausaufgaben sind eine Qual.

Wie Kinesiologie beim Lernen hilft

Das vorrangige Ziel der Kinesiologie ist die Aktivierung des Energieflusses des Kindes, Gehirnblockaden zu lösen und Stress abzubauen. Die folgenden Übungen sind alle kinderleicht, können schnell erlernt werden und das Kind kann sie problemlos auch in der Schule selbst anwenden.

Unterstützung bei Stress - Gehirnknöpfe rubbeln

Das Massieren der Gehirnknöpfe ist eine sehr leichte Methode, um schnell Stress abzubauen. Bei den Gehirnknöpfen handelt es sich um Akupunkturpunkte, welche zu der Emotion Angst gehören. Sie befinden sich unterhalb des Schlüsselbeins, etwa 2 cm links und rechts des Brustbeins.

So funktioniert es: Mit dem Zeigefinger und Daumen einer Hand beide Punkte massieren, die andere Hand auf den Bauch legen.

Dauer: Etwa eine Minute, anschließend Handwechsel.

Wirkung: Löst Angst auf, erhöht die Aufmerksamkeit und Energie, fördert die Verbindung der Gehirnareale.

Für ein gesteigertes Selbstbewusstsein - Cook-Energie-Übung

Diese Übung erhöht das Selbstwertgefühl sowie die emotionale Zentriertheit und kann vom Kind einfach selbst durchgeführt werden, beispielsweise wenn es sich nicht weiter konzentrieren kann oder vor einer Klassenarbeit.

So funktioniert es:
Teil 1: Beim Sitzen wird ein Fuß auf ein Knie gelegt. Das Fußgelenk wird mit der gegenüberliegenden Hand umfasst und der Fußballen mit der anderen Hand. Das Kind schließt die Augen und atmet tief ein. Die Zunge beim Einatmen hinter den Schneidezähnen anlegen und beim Ausatmen wieder loslassen.

Teil 2: Beine und Arme entkreuzen und die Fingerspitzen von beiden Händen zusammenlegen.

Dauer: Beide Teile drei bis fünf Atemzüge.

Wirkung: Diese Übung fördert die Aufmerksamkeit und Wahrnehmung, sorgt für eine bessere Koordination der linken und der rechten Gehirnhälfte, fördert die emotionale Ausgeglichenheit sowie das Selbstbewusstsein und erleichtert das Sprechen und Hören.

Für eine gesteigerte Aufmerksamkeit - Der Türöffner

Wenn Ihr Kind sich schlecht konzentrieren kann, unaufmerksam ist und schnell keine Lust mehr am Lernen hat, steigert die folgende Übung die Koordination beider Gehirnhälften.

So funktioniert es: Das Kind hebt das linke Knie und fasst mit dem rechten Arm an die Außenseite. Den linken Arm streckt es dabei weit nach hinten aus. Anschließend wird das Bein gewechselt. Die Übung je Seite zehnmal wiederholen.

Wichtig: Die Arme sollen leicht aus der Schulter schwingen und die Übung gemächlich ausgeführt werden. Hierbei mit den Augen nach links und rechts rollen.

Dauer: Etwa 30 Sekunden pro Seite.

Wirkung: Unterstützt das Kind, mit der linken und der rechten Gehirnhälfte zu lernen, hilft beim korrekten Schreiben, besonders wenn das Kind oft Buchstaben vertauscht, fördert Verstehen und Hören, ist gut für Ausdauer und Koordination.

Fördert das Denken - Die Denkmütze

Die einfache Übung unterstützt Ihr Kind, sollte ihm etwas in einem Test nicht mehr einfallen, was es zuvor gelernt hat.

So funktioniert es: Mit Zeigefinger und Daumen die Ohren behutsam von oben nach unten sowie von innen nach außen massieren.

Dauer: Ca. eine Minute.

Wirkung: Aktivierung des Gedächtnisses, Anregung der Denkfähigkeit.

Übung für die Konzentration - Das energetische Gorilla-Klopfen

Diese Übung kann nur Zuhause und nicht in der Schule ausgeführt werden. Das Kind stellt sich aufrecht und entspannt hin.

Teil 1:
Es klopft mit der flachen rechten Hand oder der rechten Faust von der Schulter des linken Armes, an der inneren Seite entlang bis die Fingerspitzen erreicht sind und danach über die Außenseite zur Schulter zurück. Das Kind kann beim Klopfen Geräusche eines Gorillas machen. Anschließend wechselt es den Arm und klopft auf die gleiche Weise den rechten Arm ab. Dies macht es bei beiden Armen dreimal.

Teil 2:
Jetzt sind die Beine dran. Das Kind klopft mit beiden Händen die Außenseiten der Beine bis zu den Füßen ab und zurück über die Waden, die Oberschenkel, den Bauch bis hin zur Brust. Dies macht es dreimal.

Teil 3:
Anschließend klopft es mit den Fingerkuppen von beiden Händen, die beiden Schädelseiten, Hinterkopf, Hals, Nacken sowie die Schultern. Das macht das Kind auch dreimal.

Gorillaruf:
Am Ende kann das Kind wie ein wütender Gorilla oben auf das Brustbein trommeln.

Schlusswort

Konzentrationsprobleme bei Kindern können verschiedene Ursachen haben und sind bei ihnen individuell ausgeprägt. Daher ist es erst einmal erforderlich herauszufinden, woher diese rühren. Je schneller damit begonnen wird, die Ursachen zu beheben, desto schneller kommt es zu Erfolgen. Hierfür kann es notwendig sein, dass im häuslichen Bereich Umstellungen vorgenommen werden.

Konzentrationsprobleme können beispielsweise daran liegen, dass die Kinder zu wenig Sport treiben oder sich falsch ernähren. Manchmal liegt es aber auch nur an einer überzogenen Erwartungshaltung der Eltern. Kinder können sich, je älter sie werden, besser konzentrieren. Konzentration kann aber auf jeden Fall erlernt werden und dafür ist es nie zu spät. Die passenden Übungen dazu, haben Sie in diesem Buch bekommen. Es gibt Gedächtnisübungen, Übungen für unterwegs, welche, bei denen Bewegung mit einbezogen werden und spezielle Übungen für die Schule. Es ist somit für jede Gelegenheit und unterschiedliche Interessen etwas dabei. Die Übungen sind so aufgebaut, dass sie dem Kind Spaß machen und es nicht das Gefühl bekommt, noch weitere anstrengende Aufgaben bewältigen zu müssen. Sie haben in diesem Buch erfahren, dass Konzentrationsschwierigkeiten oftmals an zu viel Stress liegen. Stress ist keinesfalls etwas, was nur Erwachsene betrifft, denn Kinder haben schon früh mit Überforderung zu kämpfen. Auch dazu haben Sie in diesem Buch einiges erfahren, wie beispielsweise die progressive Muskelentspannung nach Jacobsen und was hierbei bei Kindern beachtet werden sollte. Eine der wichtigsten

Punkte dieses Buches ist, dass mit den Kindern alles immer spielerisch erfolgen sollte. So sind auch die entspannenden Yogaübungen aufgebaut.

Meditation scheint auf dem ersten Blick etwas für Erwachsene zu sein, da sich Kinder nicht so lange konzentrieren können. Aber wie Sie gelernt haben, können sich damit auch Kinder wunderbar entspannen. Sie meditieren einfach anders, aber mit den hier aufgeführten Übungen gelingt es. Wichtig ist, dass die Meditation anfangs immer unter Anleitung erfolgt.

Nicht nur Erwachsene sollen achtsam mit sich umgehen, sondern auch Kinder. Dies kann schon früh erlernt werden. Auch hierzu gab es die passenden Übungen im Buch.

Kinder sind individuell und so ist es natürlich auch ihr Lernstil. Das eine Kind lernt lieber alleine, das andere kann seine volle Leistungsstärke in der Gruppe abrufen. Damit Ihr Kind sein volles Potential ausschöpfen kann, muss es zuerst wissen, zu welchem Lerntyp es gehört. Dies konnten Sie mit dem Fragebogen in diesem Buch herausfinden und haben zugleich die passenden Tipps zum jeweiligen Lerntyp bekommen. Dadurch kann Ihr Kind in Zukunft konzentrierter lernen und seine Leistungen verbessern.

Abschließend haben Sie erfahren, wie es bei Ihrem Kind zu Lernblockaden kommen kann und wie es diese mit Kinesiologie abbauen kann.

In diesem Ratgeber sind alle wichtigen Informationen zu dem Thema „Konzentrationstraining für Kinder“ kurz und kompakt zusammengefasst. Er unterstützt Sie und Ihr Kind dabei, dass es in Zukunft konzentrierter lernen kann und so seine Leistung verbessert. Das sorgt nicht nur für bessere Schulnoten, sondern auch für weniger Stress, nicht nur für Ihr Kind, sondern für die ganze Familie.

Wenn Ihnen der Ratgeber geholfen hat, hinterlassen Sie gerne eine Rezension bei Amazon. So können auch andere Eltern und damit ihre Kinder davon profitieren.

Haben Sie eine wunderbare Zeit mit Ihren Kindern.

Das zu Beginn versprochene Hörbuch finden
Sie unter folgendem Link:
https://qr.at/rW45yT

Oder einfach nachstehenden **QR-Code** mit
dem Smartphone scannen:

Haftungsausschluss

Die Umsetzung aller enthaltenen Informationen, Anleitungen und Strategien dieses Buchs erfolgt auf eigenes Risiko. Für etwaige Schäden jeglicher Art kann der Autor aus keinem Rechtsgrund eine Haftung übernehmen. Für Schäden materieller oder ideeller Art, die durch die Nutzung oder Nichtnutzung der Informationen bzw. durch die Nutzung fehlerhafter und/oder unvollständiger Informationen verursacht wurden, sind Haftungsansprüche gegen den Autor grundsätzlich ausgeschlossen. Ausgeschlossen sind daher auch jegliche Rechts- und Schadensersatzansprüche. Dieses Werk wurde mit größter Sorgfalt nach bestem Wissen und Gewissen erarbeitet und niedergeschrieben. Für die Aktualität, Vollständigkeit und Qualität der Informationen übernimmt der Autor jedoch keinerlei Gewähr. Auch können Druckfehler und Falschinformationen nicht vollständig ausgeschlossen werden. Die Bilder stammen von der Homepage www.pixabay.com und es handelt sich um lizenzfreie Fotos. Für fehlerhafte Angaben vom Autor kann keine juristische Verantwortung sowie Haftung in irgendeiner Form übernommen werden.

Urheberrecht

Impressum

1. Auflage

Kontakt: Belinda Derflinger, Auergütlweg 10, 4030 Linz, Österreich

Printed in Germany
by Amazon Distribution
GmbH, Leipzig

24361499R00061